橙酒拿鐵

曾慧芳　著

拿斧頭的媽媽們

等待迷航

賣了一隻豬

雞情過後

牛锲釘

髮辮

那一道老古石牆

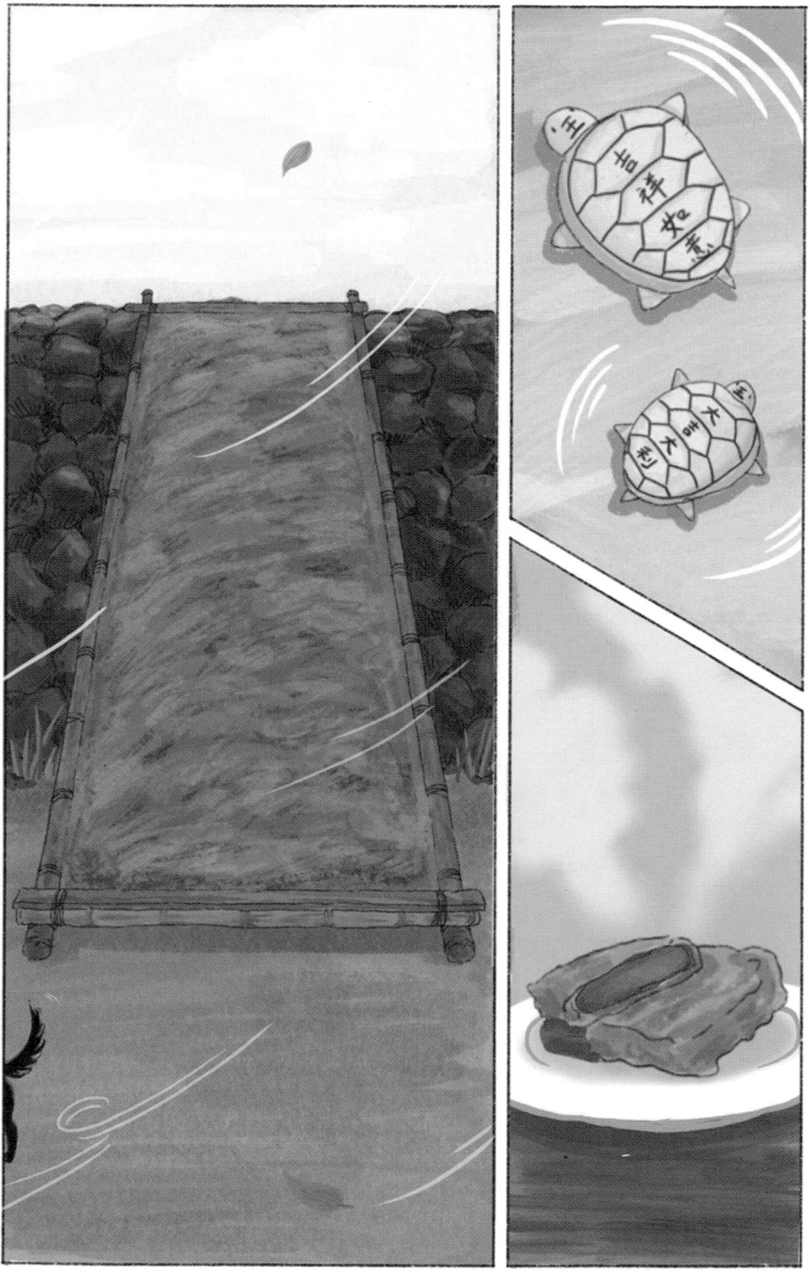

我猜　我猜

獅舞

保叔

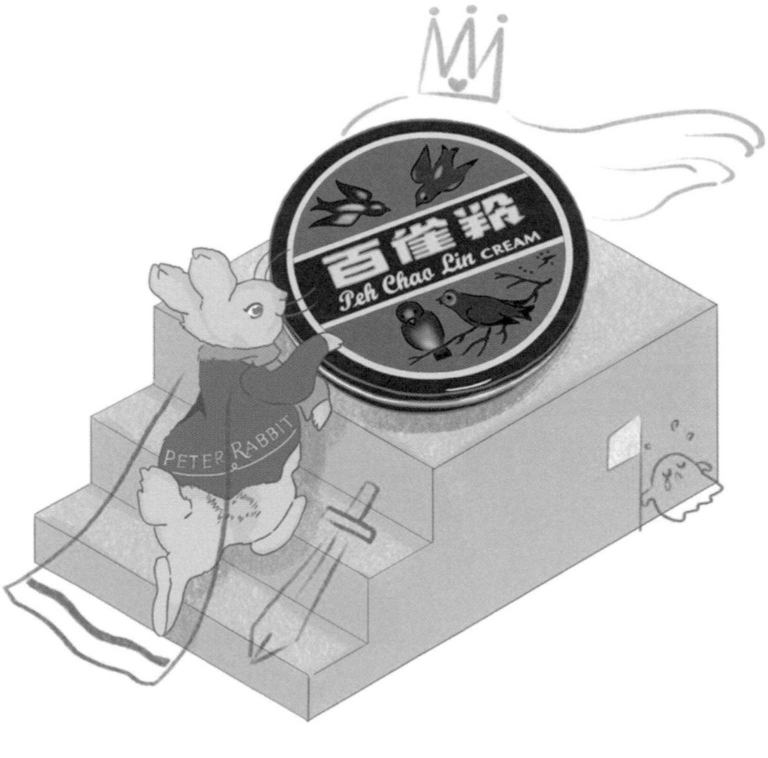

一包紅金含

青青子衿

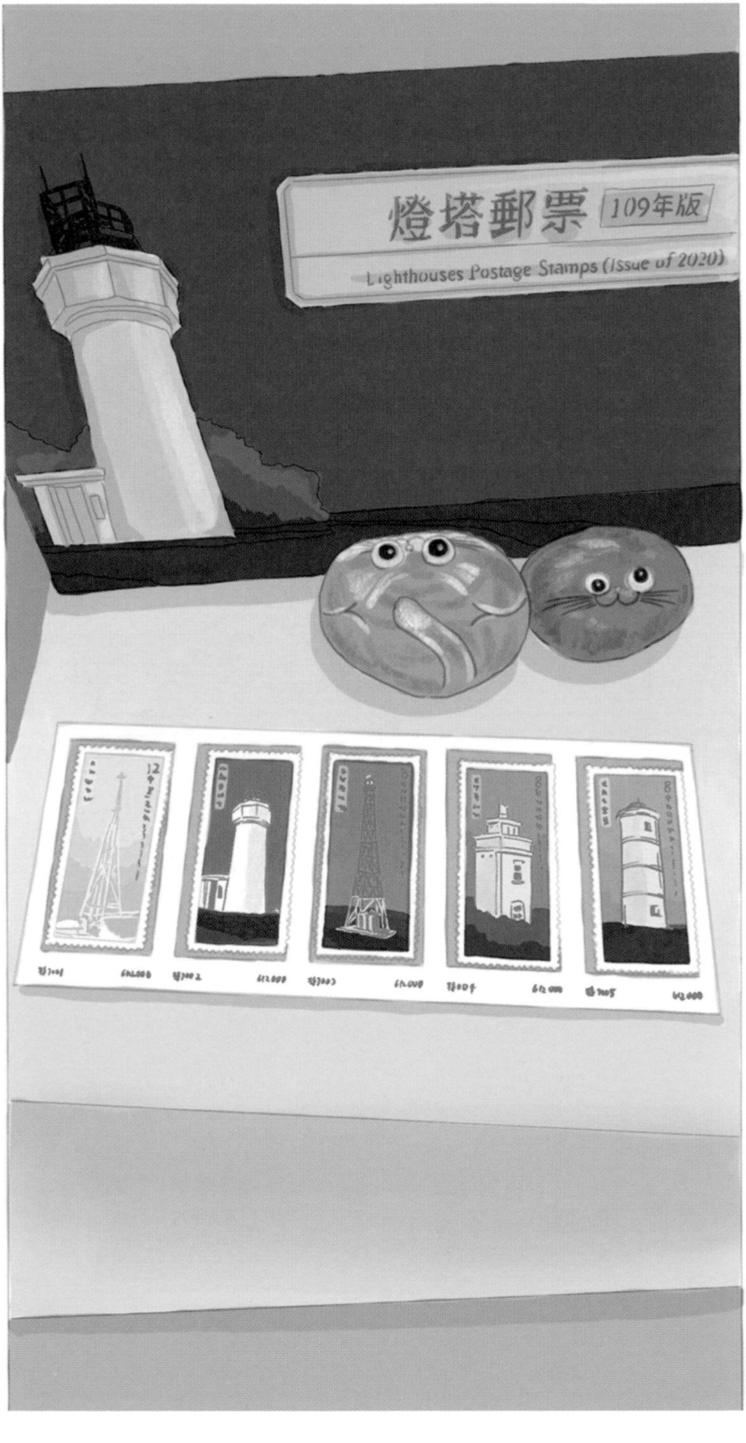

嶼人

無人島之夜

2016/京都大坂

自序

我習慣握著咖啡，握著茶，不趁熱喝，也不急著喝完。那是一種對溫度的依戀，對品茗的敬意，其實更是對事物的耽美。

獨處時刻，像這樣靜靜的坐在客廳，我會想起三合院老家那黑身白面的大時鐘。鐘擺搖晃，滴答作響著規律的聲息。偶爾有一種季候，是日光斜照的長驅直入客廳，塵埃緩緩的懸浮著，似與地心引力抗衡，也應和著我的凝望與流連。

變老，是不覺的，就惦念起曾經熟悉的事物。也能從容收下一份事過境遷的淡然。想著過往，當年那個波瀾驚心的自己，有些縐褶依然是撫不能平，忘不能盡。每一次的勇敢，踉蹌，起身，穿越幽微，似與靈魂對望過招，一幕幕，縱還有絲絲縷縷那未還原的自己，也就是收拾了的退場。

澎湖群島是一灣深海上的火山成岩。我們隨意走著就到了堤岸港邊，但閒來游泳戲水不屬於島居日常。因爲島嶼人孜孜勤奮，靠海務農，長達半年的季風呼嘯，鹽煙漫天，浸漬所有的器物與生命。另半年是燠熱烈暑，繁花綠樹皆不敵。想賞景野趣，遊走島嶼之外，見識台灣本島的地景地貌，雖是只隔著一片海，一種具體的舟車接駁擔憂，無形的身心緊張勞頓。長居島嶼的人，總怕迷路，怕被騙的自己嚇自己。

年少等待十八歲，飛機將我帶離。淡江四年後，再度回到澎湖，當時沒想久留的只將原鄉視爲中繼，但，竟是再也沒有離去。寫著我的父親母親與祖輩們，他們幾乎不識字，日日耕耘於島嶼，沉默的走過日治與民國。很少有鮮明的圖騰語彙描畫出我們與生俱來的曲折深刻，我們總站成像一座島嶼的靜定孤單，安住自己於天地間。

熱血流轉，春已老。漂泊或許歸來，親愛或許不在。

嶼人的DNA，是海在等待候鳥飛回，是雲影流光穿越相見時，你已應允那來日的再啟程。因爲，一雙滿是海浪的眼睛，正閃閃數算著聚少離多的命定，而你，正躊躇著一個擁抱……，只說了一句：愛保重。

文字必須經得住時間的檢視，這是我寫字時惦記的初衷。《橙酒拿鐵》誕生於出版最艱苦的時代。近一年的尋覓等待，我一面修改著文稿，也小心的不讓自我質疑，減損自己的能量。我將正在發生的這一切都視爲必然，也自勉唯有瀟灑且徐行，才得以風采飄飄。

書中您看到的每一位我生命中的親愛，穿越了思念，他們的愛與善良，沃養了我的生命。一直喜愛我文字的好友、文友，還有許多可愛的學生們。謝謝你們長期耐心的讀我，與我互動，也分享著你自己，讓每一次的臉書發文都熱絡又妙趣橫生。

我摯愛的家人，耐心的教我電腦技能。我常常學了又忘，一問再問，「很好學」的令人無言。我的思緒記憶得以集結成書，是一份愛的牽成。

執著地寫著澎湖山，說著這片大海邊。「文學是苦難的花朵」，希望她的清麗優雅，讓生命中許多不容易的時刻，都能多些從容與智慧。也讓歡樂有味的日子，得以盈盈惦念、銘記。

特別感謝我的學生許幼萱小姐，她洋溢著青春與美感的畫風，繪製所有的插圖，增添書本無限的活力與童趣，讓鄉情之美親切又躍然於紙上。

＊《橙酒拿鐵》封面花絮＊

我說著滿杯的情感，呂國正先生用英文敍述，增加關鍵字，讓Midjourney智慧，經歷八次的茁壯，生長成封面的樣子。過程中我們爲著一個杯子的英文字彙琢磨著，考慮呈現橙酒拿鐵的原色，又想著一杯咖啡該有的典雅，一個木框窗櫺，如何古意，窗外晴雨景深，如何呼應內心的海洋色調。澎湃的浪花與島嶼野菊花，兩個元素，可以如何流放於視覺的衝擊中。

緊張又侷限於免付費的二十五分鐘，要將封面出生長大且靈動飽滿。特別將過程紀錄於此，因爲這是2022年初出爐的Midjourney運用在繪圖美術上的無有極限，是人類迎向強大的AI新紀元又一個里程碑。

＊《橙酒拿鐵》文字意象＊

無論是實質的繁忙，或是像此刻的沮喪，我都會想念一杯橙酒拿鐵。酒，本來就很誘人。香橙是我最喜愛的水果。這些年，冬季的澎湖，有賣著進口的香橙，吃了橘紅果肉，再將橙皮放烤箱，烤著，一次次，每次都會散發出不同期程，酸酸甜甜的香味。是一種能聞見的幸福。

香氣，一顆果實的靈魂，被提煉萃取。

拿鐵，是在每天清晨一杯黑咖啡後，下午唯一能敢再賭一下運氣的第二次咖啡癮，因爲胃不好。

橙酒拿鐵受喜愛的程度是，幾乎每天都有同事輪流請喝。心情不好，家裡有事時；被學生氣，被家長誤解；想哭時；偷偷分享一個重要時刻時。我們都想念一種實質的潤懷——橙酒拿鐵。這是許多澎湖人內心的銘記，不過，或許他們忘了。因爲日子老了；因爲曾經一起握杯的那個人離開了。

咖啡，是味蕾與身心的喚醒。

酒，是自我放肆的些許提點。

我寫的過往，當下都不那麼快樂，甚至是傷懷的。

調一杯橙酒拿鐵，要上下左右搖晃，就像是用快轉的時光，大力的淘洗。將這三種獨特烈性的物質揉柔一起。烈酒、香橙、咖啡被彼此稀釋了一部分的自己。

生命中，大多的事，似乎也都是這樣。

目次

第二輯 利口酒

第三輯　蜜處理

第四輯　水流慢

第五輯　鹽之花

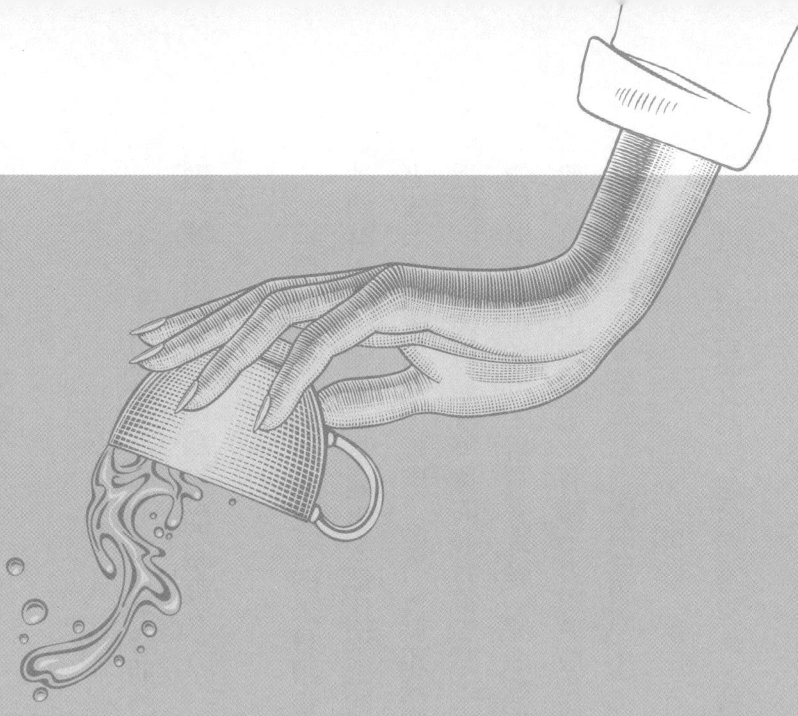

第一輯　日曬・水洗

拿斧頭的媽媽們

看李喬的寒夜三部曲，在日治時期的苗栗，主角燈妹刻苦又認命，倔強又向天借膽的傻勁，讓我想起了媽媽這一輩的澎湖女人。

她們都生於日治時代，有的未曾讀書上學。家境稍好一點的國小畢業。這群潭邊女人，她們有一項大本領，是連男人都比不上的。那就是拿著小斧頭，到澎湖內海域，巡著珊瑚礁老古石，查看有無海蟶眼。若有，就用隨身攜帶的生鐵長勾，將分散的珊瑚礁石，都勾到周身近處。一塊塊斜靠著堅實的海岩當支點，用斧頭在較脆化之處，將礁石劈開，再由旁邊慢慢斜側砍劈，順勢切近。再順著裂縫，將海蟶由各個縫中抽出。不可求快，以免傷到海蟶薄薄的外殼，每個人占地爲王，各據一方的旁敲側擊。一埋頭就是幾個小時，聽見漲潮聲時，再吆喝一聲：水淹阿，卡緊兜老（澎湖台語回家）。

近十個蒙面女郎，忽然起身望海，望日頭，天旋地轉。勾著豐收的竹簍，走回岸邊搭公車。有時若在澎南區，那還要轉兩趟車。公車人擠，沿途都搖晃的站在走道上，也不敢放下竹簍，怕弄濕車子，被司機嫌。他們只想快回到家，要趕赴傍晚，才能趁鮮販賣給來收購的人。所以爲了省時，媽媽們最常去「摃灘」的地方就是白沙線（頂山），有歧頭，瓦硐，講美等內海村庄。這些熟悉又陌生的名字，是我童年牽掛擔憂的澎湖海。也因地利之便，這片海域被消耗得很快，媽媽們就再轉車到澎南線，湖西線。洪荒之力，征戰歲歲年年。

媽媽說摃灘這麼多年，收穫最好的一次，是在西溪村。當時海水還未全退乾盡，在港墘邊，大家都怕。她仗著一六八公分的身量，就搶先巡礁開打。那次有近八斤的收穫，一斤時價兩百多，可賣近兩千元，而父親一個月薪水是一萬多。她欣喜數日，同伴們也羨慕不已，村里傳奇稱頌後，更多年輕的，原本在做泥水小工的媽媽都想下海一試。

拿著斧頭劈石分海，忙轉一整日，口袋就是一把生的花生仁，餓極時，就補充熱能。追著公車與潮汐，蹲屈著腳，開天闢地，身體腰骨指節都損傷。政府禁令摃灘後，媽媽們也已體弱老邁，這場生態浩劫與天人磨難終得止息。

母親若能讀識我的文字，一定罵我。因她此生賺最多錢來貼補生計的，就是那一顆顆橢長美味的黑金海蟶。偶爾斧力太大敲破海蟶，不能賣錢了，她也都留著煮絲瓜麵線。甘甜海味，我們搶食著，也沒留給她。

貧困欺人，鏗鏘利斧，聲聲穿透大海，直直搥打地心。

小斧早已鏽蝕鈍啞，與一般農具一起安靠在老宅木門後，寂然老去。望見它時，我仍是傷懷不已。因爲那是一個時代的「女力」，爭相撻伐著一片美麗嗚咽的海岸，換取一群群孩子默默的抽高長大。他們受教育懂了自己對這片海洋的深愛，卻是無從言說與發聲。

等待迷航

小時，我爺爺就是騎著大型腳踏車，後座疊兩三層木匣，賣著不同種類的小魚或雜碎不成斤兩的魚。他也不會將魚賣完，賣到夠成本了，就把魚載回家，急忙去玩牌。所以爺奶總是爲此吵架。

不過，冬末初春，年前年後時，爺爺就神色光采了。因我們家族是沙港海豚的大股東，這是世襲的。有霧的日子，海豚在暖暖的內海員貝灣迷航了，這時沙港下村的漁船就全數出動，在正北方的員貝村人，用漁船將海豚趕向對岸的沙港，南北夾擊，將海豚團團圍住，海豚全擱淺或浮游於沙港海灣。

活潑未受傷的海豚，就高價賣給台灣各個海洋世界做表演用，狀況較不理想的就留下來秤斤賣出。在那物質匱乏的年代，腥羶海豚肉用滾水燙過，去腥去膩（海豚肉脂肪很厚），再佐麻油，黑糖，薑，一起爆香。那是冬令補品，更是一筆小財富。但要分配給員貝村的船隻東家，沙港下村曾陳兩姓的大股東也要占大分，往往就是只能拿到少少的錢，很多很多的海豚肉。

此時我媽最辛苦了。我從沙港國小放學走到鼎灣村時，同學就說：你阿公又去抓海豚了，好臭。也如同學所言，那股腥羶味就讓我沿路噁心嘔吐到家。同學也都用跑的，隔著一個村子，味道竟如此的隨風飛入尋常百姓家。到家時，我媽在大灶旁，口鼻綁著毛巾當口罩用，料理著成堆不同部位的海豚肉。家中分兩派，一派吃得油嘴滑舌，一派在外面吹北風，進門情怯，一點都不覺餓，只希望家人，客人快吃完，我們才能趕緊洗碗，將自己埋進被窩中，蒙著頭入睡。

這樣的海豚宴可以吃兩三天。我不知村中有無人羨慕爺爺是沙港來的。有海豚肉可吃時，家中倒是會多來了幾個平時少見的長輩。還有人會自帶米酒來配。這時爺爺說話都很大聲豪邁，難得的闊氣。

沙港的海豚都屬瓶鼻海豚。海豚媽媽會因爲失去幼豚不吃不喝一兩星期。淚光閃閃。在沙

港的海邊我聽著幼豚唧唧的哭聲，珠淚盈眶，有些更小的孩子還會踩在牠們身上。民智未開的年代，村人不懂保育。後來禁捕海豚了。但當時的沙港村，仍設一處觀賞海豚的小海域，可讓遊客就近賞豚。

我曾帶著女兒，由馬公開車到沙港，沿途跟她說那是我祖先的來處。我向園區買了幾條鯖魚，引誘餵養在近海內供觀賞的三隻小海豚。他們累懨懨，都潛在海裡躲太陽，不想探頭吃遊客買的魚，也無法跳躍，可能是水溫太高。還記得那天是暑假盛夏，天沒有很藍，女兒一直吵著要回馬公，她很怕海豚，一直說海豚會吃掉她。我也很忐忑，抱起女兒快步走向停車場。

魚祭

兒少幾次的隆冬，黎明前，我與村人一起摸黑走到隔鄰中西村的雁情嶼。因那裡的海域連通西嶼外海，兩股內外海流堅持於中正橋下，港澇湍湍，能將大量魚群沖帶上礁岩。中西，鼎灣，潭邊這幾村，有著鄰靠白沙鄉的地理優勢。村民們盤算著潮汛，枕戈待旦，就等那已被連日寒流逼到極致，元氣大傷而瀕臨凍僵的魚群隨潮浪而來。奄奄一息的跳著，跌落，又跳起。雖不復昂揚凌厲，咄咄逼人，但本能的自我保護機制，仍是一副：別碰我，Leave me alone. 的衝動情狀。是一條魚窮努之末的「生態」。

撿凍死魚，我們會戴著做工用的粗棉布手套抗寒避刺。若臨時找不到，或前一天洗了，還來不及乾的，濕重於老古石上，那只好空著兩隻手，急急的出門。大人說手套遇水會結凍，不利手指靈活，魚會被旁人搶先撿走。言下之意是避免被刺傷，不是他們最優先的關切。但，我還是沿路提點自己。臨出任務前，母親像教練的給行前策略——一到海邊，就跟村人分散路線，自己快步走，走得離離索索。不急著彎腰撿眼前的魚，除非是極品。

我心想著寒流已翻滾島嶼數日，就是這奔赴了，我將畢其功於一役。方才吃下那一大碗公的麵線煎熱，米酒壯膽，麻油祛寒，我的血脈賁張，給出了不符年齡的驍勇。

村裡走來大隊人馬，經過村口，我們全家人就魚貫入列，全速前進。那是四十分鐘的風飛沙打，圍巾圈住半張臉，風鏡在大人那兒，不夠一人一副。我小心翼翼不被大風踉蹌，吹落中正橋。幾個村莊，幾百支手電筒，穿行過夜，中屯海岸迎來激情擾嚷的盛大，彷如當年先民將馬公大嶼與白沙嶼兩塊島，橋接連通那樣的熱血霍霍。

住海邊的人，善於等待。或者說習慣於這樣看天面海的融入，不覺的忘了這教等待。等冬尾，等來年；等風起，等潮落；等天光，等運氣。但，唯獨這一刻，太肅殺，按捺太難，等待太長。

我們踩著石階分由兩路，背對橋墩涵洞流竄的寒流，下橋入海，如餃子下鍋，那鏟子一推，全數滾動於地平線天涯海角褪盡處。

雙手凍冷，被魚扎刺，一點麻痺痛覺持續著，只要不是被倒吊魚刺到就好。澎湖常諺——

一魟，二虎，三沙門，四倒吊。被這幾類魚刺到，傷口最易發炎化膿，摸著傷處，一小點如針刺繡痕，幾小時後，分秒都抖抖奮奮，股股的抽痛隨著脈搏跳動，直達心臟，太陽穴，額頭發冷汗。膿血積聚在指甲邊緣，彷彿人行道下的樹根，隆得鼓鼓，就要撐破。母親每天幫我擠出，亂擦著一點什麼藥，再紗布撕開捆好。常常我覺得自己熬不過。

偏偏倒吊魚肉厚肥美，又占凍死魚的多數。倒吊魚離水仍可呼吸，可維持數小時的活力，但寒流襲來後，體內僅剩的一點油脂能量，都拿來抗衡禦敵，是氣數將盡。狹路相逢時，都像披覆在礁岩上的赭紅海葵。又似鎂光燈聚焦投射的舞者，隨音樂的戛然停歇，收束姿態，喘息著那起伏優雅節制的胸臆，等待簾幕緩緩降落。

遠離人群的我，望著白茫茫的浪海，整座海都漂浮著銀鱗，礁石上一整遍的魚，閃閃映照。如幻之光，目眩神迷，能召喚人，一往而深，全心全意。

除了倒吊魚，其它肉體單薄的魚種，都易被大海魚，強咬一大截。傷了，見骨了，營養甜分流失了。沒了尊嚴的暴露在天體下，我也只是經過的不去撿它。

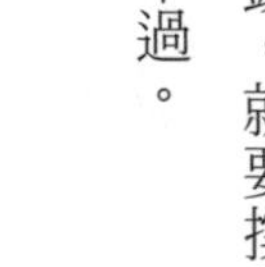

有時，我會回頭拾起，放在竹簍側邊底。回程時，除了可讓竹簍沉甸甸的不輸人，就是盤算著給貓吃。那手臂勾挑著一簍的魚，有半簍的興高采烈，恰是爲給貓一個公然的寵愛。

大約清晨七點多，黯夜就已開褪的潮水，又漲上了。陽光昇起，天地依然冷冽冰清。人群都往岸上走了，我再走過來時路，回家。

我們全數將魚倒在老宅天井下，媽媽一尾尾的去鱗，殺著倒吊魚，再由魚鰭處對開剖好。我折來木麻黃枝，小段小段的將魚橫撐開來，避免多肉皺褶處陽光無法透進，也可阻絕蒼蠅產卵。厚重的倒吊魚身，經常多挨了幾刀的斜劃，再抹上粉紅結晶狀的粗鹽，尤其是魚腹內抹得更徹底。積攢數次風曬日頭曝，魚身自然裂成谷脈分明的溝渠，如可行船的夾道開展著，魚皮色澤更像是一張古地圖，油油潤潤，滿是手的溫度，指尖的印痕。

若有新鮮，一息尚存的魚，就全數下鍋，那是我們一兩天的午餐，晚餐。一點醬油半煎煮，薑，辣椒，蔥段紅燒，再多的白飯都剛好吃光。

倒吊魚有著罕見的貴族紫身，平時也不屬澎湖海域，那如鰈類魚才能有的寬版身幅，幾抹橙黃於魚鰭尾背處，每每將之傾倒水缸旁，似一座小礦山的堆攤開來，繽紛壯麗整個三合院，隆重了一季迎風的典藏。頓時豐衣足食。

但風曬時日的與貓鬥法，更考驗著守成的艱難。原本我們都是像晾衣般的用繩索竹竿吊掛曬穀埕上，但貓能攀緣上竿，如走鋼索的catwalk，直條條的是伸展台上的步態。風和日曬下，將魚吃乾抹淨，只剩一條穿過魚鰓的麻繩，招搖於風中，迷惑著我們，以爲沒穿鰓套好，魚太重的掉了下來，貓叼撿了。

所以我們轉移陣地，將通往屋頂的梯口，用整片木板架得超高，平面讓貓難以著力爬越。將魚悉數鋪在屋頂粗礪的瓦片槽凹處，再押上一塊石子於繩結處鎮著。我體重輕巧，危危顫顫，一瓦片，趴覆著一條魚，霎時奼紫嫣紅，迤邐瑰麗如丹霞梯田。一眼望去，錦繡煥亮。

母親要我時不時的巡視屋頂，一點起風，就怕好不容易曬乾的魚，被輕吹帶走。我顧著，極爲無聊。由口袋摸出一兩塊曬乾的年糕，丟給一樓空地上的貓，想彌補今年人類變聰明了的～企圖和解。但年糕不對味，牠們不領情的睨了我一眼，好似我打斷牠們正密謀的逆襲，喵一聲的嫌惡著。有一隻還望了我很久，像是說著：我一直以爲，你是人在曹營心在漢。

我忖度著，媽媽應該沒有數算當日全家的豐收，共是幾尾魚，萬一有，就說是風吹丟的吧。看著曬穀埕上丟給牠們吃的次等凍死魚都還在，也是啦，少了生腥魚鮮的歡味，貓，不聞不問的。

我踮腳，再上屋瓦。

偷了，第一條魚。

踩跨偏房屋脊，隱密就近的拋物線往下仍，貓先是跳開，再抬眼看了我，就一起撕扯爭嚐那條——年度魚賞。

我的躁動安撫了，形象平反了。我再度回到「案發現場」，藉著將鹹魚翻身，惦記著，今年收成幾條魚。那時日正當中，冬陽暖烘，群貓酣暢，而我，鋌而走險，意猶未盡。

三輪車跑得慢

潭邊許多的瓜農，在嘉寶瓜香瓜當日採收後，直接打電話給鼎灣村的三輪車駕駛，登記著明天，人與瓜都要搭車，要他算好位置及空間。那是沒有發財車的年代，人貨一起到馬公的方式。

夏日清晨四點半，隆增先生就出發，到潭邊有瓜，要載運到馬公賣的家戶門口上貨。若遇男主人跟著下馬公賣瓜的，他就安穩坐在駕駛座上，只須停車讓夫妻們一米籃一米籃的將瓜慢慢抬上車。但若是像我爸爸值大夜班的日子，他就必須幫媽媽抬著兩三籃的嘉寶瓜香瓜上車。那時各個家戶賣的瓜重量總和，都是近百斤上下，是非常辛苦勞力活。

寂靜的夜色露水中，一群三四十歲的瓜農，互相照應著，不分彼此，緊挨著三輪車後斗兩排椅子坐著。傴促的縮著腳，每個人前面放滿一簍一簍的竹編圓米籃，一路晃盪的駛向馬公文康市場。

國中小時，放學後都要主動到瓜田幫爸爸牽水管，因田地一旁的抽水機和一隴隴的瓜田有段距離。若讓水管沿著田隴凹處走，有時會在拖行時壓壞藤蔓出界的瓜苗或新結的花苞。所以一定要有人幫忙牽起水管，常常我們一隴站著一個孩子，兩手肘撐好靠上腰間，手掌打開，讓水管滑過去。我無聊時觀察著水管內的青苔水流，感受著被陽光曬得熱熱的水管與昏了頭的自己。遇到瓜熟該摘來賣時，爸爸最會判斷，幾乎不曾失手。我們按照指示，亦步亦趨的跟著爸爸，將他剪下，刻意留著綠盈盈，瓜蒂完美的每顆瓜，細細放入已鋪好數個米袋於邊邊角角的竹籃中。爸爸用扁擔將瓜挑回家，我們輕輕洗淨瓜身，再用舊棉布汗衫擦拭乾。小顆往底層外緣先放，最大顆的放最上面。因爲賣瓜時，商家就是看籃面第一層的瓜大小顆，花紋色澤來定價，不過，他們也會機警的往下翻。若遇盛產豐收時，水果行收不了那麼多瓜。媽媽就要留在菜市場，將瓜秤斤論兩的慢慢賣給來市場買菜的人。有時媽媽坐在小板凳上，賣到上午十點多，才背著大竹籃，搭公車回來。

我從小幫忙看顧這些瓜，練就一身識瓜本事。看顏色有無轉成淡黃，看瓜尾花紋有無浮放。再檢查瓜蒂旁有無過黃，若有，可能過熟，失去了鮮脆口感。輕拍瓜身，聲音若如節拍回響，那肯定是已熟甜。

我們自己吃的瓜是田間偶有被蜜蜂蟲蛾咬口迸裂的，爸爸會剝開，用割瓜蒂的小鐮刀，切成長條狀，一家人就地田埂間，大口的啃著，沙沙爽脆，溫溫甜甜。更多時候，我們用手刀，不平整的大家折截一段段，瓜汁流淌於指間，黏手不黏口的大口大塊。那日的傍晚時光，夕陽伴著歸途，我們一家人、一條老黃狗，浩浩蕩蕩地將馬路都占滿了。

地瓜一牛車

暑假看著2021奧運轉播，拜科技影音之賜，隨時都有重播可看，我也認眞投入的看得百感交集，時而起雞皮疙瘩，時而眼眶灼熱。看到選手失手的憾恨，也跟著錯愕驚叫。常是在廣告空檔或賽事早已比完，心思卻都還沉浸在主播的嘆息或呼喊聲中。耳畔盡是主播精準的攻略分析，選手背景的專業介紹。全民完整沸騰的愛國情操，激動、高亢、沙啞變聲了。

小時的許多個暑假，打開電視聽著美國威廉波特世界青少棒轉播。傅達仁先生那金框大眼鏡，吹得高高的濃密黑髮，棗紅色的西裝外套，鏡頭帶到他的任何時刻，他都帥氣霸氣。在當年全台灣唯一的球賽實況轉播中，是引領風騷、獨樹一格的傅氏風華，風靡又懾服了全台人的棒球魂。

兒時暑假幾乎是所有的作物收成時節。地瓜是一牛車、又一牛車的載回。爺爺負責犁田（男人才拿得動犁頭，隨牛來去奔走於田間），劃開一隴一隴滿是枯葉的田地，我們小孩子迅速的跟在後頭，將翻出的地瓜撿進竹簸籃內，撿滿了立刻倒進牛車內，再火速接續。

由右至左，由頭到尾，拼命撿拾。身體龐大的阿牛辛苦轉身，每次犁完一隴，爺爺要一手提起幾十公斤重的犁頭和犁身，一手牽住牛頭轡繩，收放加上喊聲，阿牛才不致迷路或走錯田隴，牠也懂聽ㄨㄡ聲，就是要暫停。

不會駕馭的生手，會讓牛在犁田時，隨意信步的漸行漸歪，甚至低頭吃地瓜枯葉，不聽使喚，一整個的亂了套。

收成了一整區（澎湖人對田地單位特有的稱呼）的地瓜，尖尖滿滿一牛車，大大小小，有黃有紅，有圓有橢，亮亮燦燦，沉甸盈實。

回到家後，要兩個大人合力地抬起左右兩邊的車轅，將牛車斗六十度傾斜，才能順利卸下那滿滿一車的地瓜。這時拉起水管，水龍頭轉到最大，將食指分岔水流，或按壓水管出口，製造出強力水柱的效果，將整堆的地瓜徹底沖洗，務必做到地瓜外皮上沾附的泥土，乳汁都乾淨。

我都搶著做這工作，因爲赤腳踩踏地瓜堆上，將埋在下方的地瓜平均暴露出，極奢侈的足底點踏按摩，消暑又可正當的玩水。有時我一屁股滑倒，有時被正在牽阿牛回牛墟休息的媽媽發現了，那就會被罵。鄉下長大的孩子，每天都會被罵，罵得左鄰右舍都聽得見，罵得司空見慣，罵皮了，都沒感覺了。大家大概就都是這樣長大的。

但隔天，那堆了一門埕的地瓜卻是苦差事，因爲必須用一台直立式，半人高的手動剉簽機器，將地瓜剉成絲，全數都要剉完，不必削皮啦！沒那時間。

三合院的二進先掃得乾乾淨淨（一定要在三合院內有門檻處），完全隔絕家裡放養的雞鴨隨意走動覓食，隨處便溺，萬一牠們便便在剉好的地瓜簽上，那一小片簽絲被汙染變質，就必須丟掉。

偏偏暑假最期待的世界杯棒球賽的日子，都在此時到來。興奮地拉開電視機門，聽到傳達仁先生沙啞認眞的嗓音，就懊惱的說：啊！糟糕，開始了啦。

我們一邊用力地晃動手臂剉著滿山滿谷的地瓜，一邊用心地聽比賽。明明就有開電視，卻無法專心看螢幕。因不能在三進大廳廳堂內剉簽，所以只能用聽的方式，隔著一道門檻渺茫轟隆的聽著。

傅先生總說現在是美國時間幾點的報時著，又全壘打時由主播台站起來的歡呼聲，住美僑胞搖旗吶喊的畫面。在鄉下的我們，任憑剉好的地瓜簽已噴滿小腿肚，就誰也不想離開上屋頂去曬地瓜簽。

往往從日上三竿剉到日正當中過午了，大人們快回來了。地瓜簽都氧化成黑黑的了。這時才快步的蹬上，來來回回，齊力用畚箕或米袋，精準平均的撒滿整個屋頂磚坪。那技藝高超逼迫出來的是眞功夫。無一處曬得累累疊疊，也無稀疏露白處。所有的地瓜簽都條理分明，屋頂完完全全地盡其利。

隆冬時，夏日曬脆、曬好，早已收藏在大缸內的地瓜簽是我們的主食。還記得，每每在祖

母將地瓜簽倒進大缸內貯存時，我就趕緊洗腳，擦乾，踩上板凳進入缸內，扎實將邊邊角角踩妥，進進出出，跳上跳下。有時我會在缸內蹦蹦跳著，祖母就笑了。那樣的笑，是豐足，是一份餘裕的收藏。是一家老小踏實的好日子。

賣了一隻豬

「煮豬糜」，是我小時最輕鬆的家事。冬天時是家裡菜宅子的高麗菜、花椰菜，外層的粗梗綠葉，放在大圓竹篾扁籃內，剁切細碎。夏天是被蟲咬損或拐拐的小地瓜，將表皮沙土洗淨，不必削皮，但要刨成簽，煮爛。

這些都只是冬夏季節性的食蔬配料，那黃豆渣壓縮成牛車輪大小的「豆箍」，才是豬的主食。豆箍由台灣本島進口，跟中盤商一次買來一大塊，爺爺都將豆箍放腳踏車後座，綑綁好。再慢慢地牽著腳踏車，維持重心平衡，將豆箍安全由鼎灣村護送到家。到家後還要順利搬下車，安靠在三合院第一進大門後的牆上，才是大功告成。

每餐要煮豬糜時，我會用一把厚厚的砍刀側砍，豆箍就會一片片掉落，再用水將它們浸軟，約兩個小時，再和已切好的菜葉，一起在大灶中用力攪拌均勻煮熟。通常一般家庭，一次只能養得起三隻豬。一日兩餐，每一餐就是一大灶滿滿的豬糜。

養豬人家都知道，豬隻是不能吃滾熱的食物，所以，菜葉不必熟透，溫溫的，就將大灶鍋蓋蓋好，灶口門扣上，薪柴餘溫就足以將豬糜悶爛了。

五〇～七〇年代，農村家戶孩子的學費，一大部分都是靠賣豬來籌措。豬隻長成後，祖母會找鄰村的商人來收購豬隻，那中盤商精明，我們背地裡都在他名字前加了「錢鼠」一詞，紓解一些怨氣。當然他也真的長得像老鼠。奶奶會刻意在約定賣豬日的那一兩餐，將豬隻餵得特別飽，盤算著一隻豬可多重個一兩公斤，就能多賣些錢。

收購豬隻的買者，他們是三人一組。每次一來，就熟門熟路的先到豬舍，往豬隻腹部用力踢一腳，豬隻就立刻拉肚子了。原本吃得撐撐鼓鼓的肚子，瞬時就消扁了，我們暗地裡恨起這「鼠輩」。這一踢是一場恩怨傷懷的序曲，他們跳入豬舍抓豬，豬隻尖叫「流竄」，小小豬圈內，四處碰壁，掙扎力道之大，野性之狂，與我們平時馴養的溫吞隨人，著實難以同日而語。

抓豬人要有熟練技巧與架勢，才能將豬擒拿，翻倒在地，按壓四隻腳的兩兩捆綁一起。這過程，驚聲慌亂，暴力無比，我不忍看。通常我躲在放著豆箍的大門後，徒手剝下一片又一片小小碎碎的豆渣，指甲痛著，但就是默默盼著豬別受傷，快把豬賣了，這些人快走。

童年養豬，歲時相伴，我的豬沒有名字。寵物才能有名字，我心裡一直都知道是這樣。摘菜、切菜，備食、餵食，提著裝滿豬糜的白鐵大鍋斗，費力的走到豬舍，一瓢瓢將豬糜舀入豬槽內，看牠們低著頭吼吼爭食。有黑，有粉紅，又有灰黑間雜，不同花色、大小斑點，我都認得出牠們的習性與差異，吃餐時排列的位置。每天傍晚牽來水管幫牠們沖澡，也沖洗豬舍內的糞便，再讓糞水藉由豬舍內的兩處排水孔，流入海沙墊底的堆肥土裡，過些時日，拿來澆灌菜園內的蔬果。

養豬的過程，是扎實、儉省的持家之道。粗菜葉，地瓜皮，豆渣，洗米水，物盡其用的成爲豬隻的餐食。最低的成本支出，最高的經濟效益。所以，我們以養豬爲副業，有十幾年。

小時的坐擁動物農莊，陪伴我的雞、鴨、鵝、貓、狗、豬、牛。牠們是那年代的鄉下孩子，一日之計的重責大任。賣一隻豬，折騰買豬人的是一波又一波的筋疲力竭。秤一隻豬，扁擔由豬腳綁好的結穿過，兩人再奮力站起，將百餘公斤豬隻擔當著，開啟豬舍柵欄，走出豬舍外，套上超大的傳統陀秤，準確撥控出斤兩，豬隻又是一番尖叫仰天哀號的無止無休，不甘心的似說著：主人，你都聽清楚了吧。

我記得每年賣掉一隻豬的夜裡，我們家四下寂靜，早早熄燈回房。傷懷的難以成眠。

多年前帶孩子到宜蘭旅遊，偶然在山上一處庭園咖啡，聽到不遠處有原民慶典的宰殺山豬尖叫聲，我靜靜楞楞的回憶著我的小豬。浮現的是被抓的那隻豬，踢得抓豬人滿臉的豬糞，無法得知自己是不是敵人目標，就是三隻同時群起戒備，火力全開的攻擊，防守。泥濘深陷的豬舍，牠們是絕對優勢，雖然這次運氣不站在牠們這邊。

山上涼風午后，孩子將我拉回現實，要我點餐，我說要換到室內座位。牠們不明所以，直說外面風涼颯爽。但還是順著我。吃正餐，餐廳老闆推薦農家自種風味野菜，地瓜葉，入境隨俗一番。我點頭。一種與往事乾杯的飄忽。

雞情過後

我與三姐小時最合作無間的差事，就是抓珠雞。

有天爸爸從馬公買回了四隻小珠雞，外型很圓巧，很像雉或孔雀的美麗。但災難就開始了，每天傍晚，他們都不會主動回雞舍，精神旺盛異常，不像普通雞隻的習性，歸巢入睡。

說那是雞舍，其實是一大張倚著老古石牆的大魚網，由幾支木樁高高的架起，在田的一角。旁邊是一棵鎮宅元老級的番石榴樹，因地形很避風，又隱密，一直是家中養雞的寶地。

養珠雞的那段日子，每到黃昏時刻，卡通《小甜甜》都快上演了，我心裡急著。又有時是剛從嘉寶瓜田幫爸牽水管，澆完瓜回來，很餓很累。家門埕、屋頂磚坪花生地瓜都還沒收。萬一忘了，夜深露重，穀物全濕壞，有的是要留做來春播撒的種子，那罵得更慘了。沒將珠雞趕回巢，珠雞會被偷。可惡的珠雞，時常全數都站在老古石牆上，比人還高，叫聲囂張，高亢刺耳，彷彿是在嘲笑挑釁三姊與我。

老古石牆是慘白灰黑珊瑚礁，總粗礪多角，我們若想撲上，跟牠們拼了，那必皮開肉綻。那攀爬站上牆去抓，萬一，牆不堪負荷，石頭掉落了，我們家園就會缺角的少了防護，路人可跨越進田園家宅內。我們只好用棍子撩撥珠雞，好不容易牠們飛了下來，旋即又飛上去，對我們極盡惡意與捉弄，只能等天墨黑，爸爸有說，雞的眼睛是夜盲，晚上若棲息於牆上，就能抱走。所以，就等著抱牠們吧。

珠雞是台灣本島來的，價格和稀罕性是比土雞珍奇太多了。每晚一再的等待，伺「雞」而動，盼那手到「禽」來的瞬間，每日上演這戲碼，是一個都不能少的雞情動作片。

我們忍著夜黑蚊蟲叮咬，常常小腿膝蓋都是癢痛的處處抓傷。當時沒「面速力達姆」（現譯曼秀雷敦），家裡只有雙氧水，紅藥水、紫藥水，我們胡亂點著。傷痕累累，新舊錯落，對自己滿腿的紅豆冰（那年代蚊蟲叮咬的傷口疤痕特有的稱呼），也無法太理會。生活就是不被責罵，歲月就是努力的抽高長大。

我被雞咬，是國小國中時，家裡每天都至少有四個孩子要帶便當。因我年紀體重最輕巧，就必須負責跳進雞舍內撿雞蛋，讓明天每個人的便當，都能有一顆荷包蛋。母雞、公雞，就連小雞每次見我跳進，都簇擁而上，以爲我是來餵飼料的。見沒撒上飼料，就紛紛戳著、用嘴挑剔著我的小腿膝蓋腳踝。我的所有的傷口，那好不容易快結痂的；那有點化膿的，又都流出血水。細如竹籤的小腿，紅紅黑黑、不同期程的傷，又被雞隻激動躍上，甩啜啄扯開來。

我單腳在雞舍內跳來躲去，三步作五步的快速跨到母雞固定下蛋的窩巢角落處，探看有無雞蛋。若能不空手而回，被吃，被挑，都算平手的公道著。

許多年來我忘了這件事。前陣子我手術病後初癒，常覺得自己身體散發著病人的味道。我請教同事生物老師，礙於自尊，我掙扎的約略提及雞會啄人傷口一事。他說：傷口會分泌淋巴液，淋巴液味道很濃，動物們因嗅覺敏銳，而直接戳中。生物老師專業有力的陳述，我聽來格外傷感，是明白也解惑了。卻雙眼熱燙的泛淚，他見狀急忙補充說：老師，那手術傷口很快就會好，您別難過。我一時職業病上身，鋪梗又解釋得像在命題，解題。眞是大不敬。

我笑了，他也鬆了一口氣的笑著。

被雞吃的青春記憶，一直到大學時，看了一齣當時非常轟動的電影《變蠅人》。我聯想到自己身體或許已具特異功能，偶爾腦海異想天開，就等待一個情急離奇的時刻，應該至少能飛越一座矮牆吧。

也有一大段時間，我沒像小時一樣，老想著像哥哥姊姊們在十六歲成年禮時，祖母也會按習俗的，讓我特權的獨享著一隻燉得香濃濃的中藥老土雞。

因為國中朝會升旗時，腳上坑坑疤疤的傷口，讓我不時搖動左右腳。站我鄰近的同學有好心，有訕笑的，都幫我驅趕蒼蠅。導師也說動一下沒關係。

十六歲那年我已上高中，該吃的那隻雞，我也吃著大部分。與革命情誼共患難的三姊分著腳翅與湯補，我們說起那年的珠雞之亂，內心依然雞情激越。回想，眞是一部雞情動作片。

牛鍥釘

年少時，經常爲了家中的牛挨罵，原因是我沒在傍晚天未黑前，將牛牽回牛墟。其實，我沒有偷懶太多。放學後總有數不完，做不盡的事等著我。像是收著曬在屋頂磚坪上的冬日海菜，夏時地瓜簽，門埕的花生。邊用畚箕一斗斗的盛著裝入米袋內，一邊跳躲著藏在花生堆裡的紅螞蟻。

會忘記與另兩戶村人共養的牛，是因爲，每隔一旬（鄉下人習慣用農曆的十天，來計算日子）才會輪養一次。通常都是下午爸媽去將牛牽回，詢問確認共養的人，有無餵牛喝水了？若有，就直接牽牛回牛墟休息。接著就是每天下午三點過後，天氣土地柏油都較不燙熱，大人才牽牠出門，到幾處無人耕種的荒郊野地，將牠釘好，讓牠慢慢吃著短到不行的草或枯地上一點根莖。

澎湖人的放牧方式，是不必在原地等待，只需在日落天黑前，再將牛牽回。爸爸輪夜班，又適逢有潮汐，媽媽去海。這時，沒人提醒我，要去把牛牽回來。往往到了七點多，天都暗了，晚間新聞都播完了。我看牆上的掛鐘，再看一下日曆，才驚覺，這天有輪到我們養牛。

此刻，不需有人作伴，沒時間再找手電筒，夜裡，也許會踩到蛇，也許今天是放牧在有一個大新墳的那塊地，就是飛奔的去找，這區不是，就是更遠的那區，趕快去將牛牽回來，才不會被外村人偷走。牛特別怕黑，也怕蛇，牠有時會掙脫，拖著長長的繩索與牛鍥釘，迷途在漆黑中，佇立在馬路上，或許被撞，或許直挺挺的立於車道上大半夜。若遇村人夜歸發現，會急急拍響大門告知，那天，那樣的夜，我們都驚醒，也都被罵了。

其實放學時，我就該去移動牠，將牠遷徙一下，讓牠再繼續吃飽些，或是直接帶回來。可是，我忘了。沿路，我憂愁著，萬一牠往一畦畦高低不平的田埂坡地踩空，摔傷折了腿，那我們家是要賠上萬元給一起共養的各戶鄰人。此刻，不敢再想，就是朝山上奔走。各種懼怕都湧上，有鬼；有人，大家說他瘋了；有呼嘯兼程趕來湊熱鬧的癲狂季風，遍地的野性被它吼得青面獠牙。找到阿牛了，我內心依然雜沓慌亂，像是無法停歇的腳步。默默的回程，淚水無告的滾落，我仗著四下無人，嚎啕放聲的哭，因爲，天地遼遠，一定可以承載我所有的不甘，不願。而此刻的阿牛竟是不走了，應該是我嚇到牠了。

務農人家，緊靠大海，抓魚挖蚌撿螺螄，又要旱地上種瓜栽果，勞動不停。海事農事雜務，處處樣樣，都耗工費時，天候寒暑都嚴厲逼迫。「澎湖女人台灣牛」多希望小小的自己，不必早早的去註解這一份深重奧義與理所當然。當時，我不知外面世界的人過著怎樣的日子。直到讀高中，跨出學區，我才知道同學當中住在馬公市的人，是沒有這些家事的。他們的媽媽幾乎都是庭主婦，將家裡打理得很乾淨。午餐，是由負責送便當的阿姨送來熱騰騰的飯菜，相較於我們飯菜都因蒸過，而濕濕糊糊的蠟黃著，他們的所有都顯得大方精采。我的家，總雜亂著上山下海的各式鞋帽，方巾，長衣，舊褲。永遠不宜待客，不該約同學來玩。

若說，有一種苦，是經年之後，回首仍是辛酸與悲涼，除了戰亂流離，失親，失戀。貧窮一定是超越時代，壓倒性的拔得頭籌。哈利波特作者，J.K.羅琳在2002年一則訪談說：「貧窮太像分娩，早知道會痛，真痛了，才知道有多痛。Poverty is a lot like childbirth ~ you know it is going to hurt before it happens, but you will never know how much until you experience it.」

阿牛，睜著蓄滿淚水的大的眼睛，依然站立著不走。我心想，真好，你怕，卻也沒跑掉。摸梳了幾下牠的背。那土垛，埂坡，墨黑，似乎都被淚水模糊得不那麼巨大崎嶇了。而我老是動不動就想哭的壞習慣，有了牠無聲的停駐和厚實的胸腹，也就漸漸寬慰了。

牛鍥釘連結著牛頸上的一條細繩，像個秤錘的拉攏落定著牛。牛圍繞著方圓幾公尺內，一次又一次低頭，沒草吃時就嗅聞著泥土，又抬抬頭。累了，就蜷趴在土地上，等待日落黃昏。儘管繩索已將地表圈畫出了一個光禿的圓周。以牛的力量，區區三十公分長的生鐵釘，根本無法拴制牠，更別說澎湖那鬆散乾旱的黃土地。又放牧時，農家人急忙粗略的用隨地撿來的石頭，敲打幾下牛鍥釘，就匆匆農忙去了。

長年養牛的人家，摸索著牛的性情，才懂「牛脾氣」是難能企及的美德。那是一年到頭難得休養生息，寸草不生的冬季，民家只靠幾綑曬乾的花生藤，幾斗量的水餵養。牛默默的做，慢慢的老。最後我們就把它賣給專門收買病老牛的商販。曾經，我在阿牛被送走的那夜，問父親：你們把牠送去哪兒了？

父親說：不要問。我們養不起，牠也做不了事了。

回想，由小到大，我們家有過兩頭共養的牛。我心底只留住陪伴我最多時的第一頭牛，牠的毛色在陽光下偏褐紅，在牛墟中常常像是一匹巍峨的黑馬，輝耀沉靜。可能是我太親近牠，有一天媽媽發現我一邊耳朵腫起，她要我趴到膝上，就拿起髮夾掏進耳內，才發現一隻牛的寄生蟲，身形橢圓如小指甲，黑黑的附著在我耳內，吸滿了一肚子的血，媽媽把牠挑出踩破。心疼地給我喝了些梨子罐頭水，我很高興，隔天也消腫了。很多年來我沒再想起，但，此刻，我又回到那個動不動就在哭，強抿著抖動嘴唇的小女生。

我的農村鄉下，長輩們有時似輕侮的捉弄那些老實憨直的莊稼大哥哥們：阿汝，守伊，歸年趟天，阿到底，汝牛鍥釘咁有釘落啊？

只見年輕人搔搔頭，就是傻氣地默默被揶揄著，一逕的笑。我琢磨著，那是務農人家，最單純的心思。成一個家，有一隻牛。那心性有了愛的落腳，也像是牛鍥釘。而女人，就是那細繩，只稍輕繫圈結於牛鍥釘上，從此男人不作他想，亦無他方，牽絆，牽成；四時，一生。

後來有了耕耘機，俗稱鐵牛。改變了些許農村的風貌。但這安靠在門後的牛鍥釘，像是農家人的敦厚溫柔，契闊成說於山海天地。

制服新衣

氣象報導說前幾天下的雨，已是春雨。雖然還未過年，但那樣千絲萬縷的綿綿態勢，不由分說的視覺暴動，讓我想起兒時過年的一些心事。

我不喜愛過年，一直以來都是如此。難得歡樂例外的時候，是我有了一件新衣服，一件太子龍牌的卡其布上衣，衣身燙得硬挺直板，每一個鈕釦都緊實，每一條車線都雙線密合。簇新的味道，是屬於制服特有的，是幾年一次的輪流添置。七個兄弟姐妹輪著買。那年代，無法幫每個孩子都買新衣，上學的卡其襯衫制服當新衣是家長精明的打算，國小到國中制服都長一樣，男女上衣都一式，又是教育部符合時代的設想權宜。

穿新衣的那一年，我會幾天都穿著它，炫耀一番。哪怕初春的天寒地凍，北風呼嘯，季節性的兩串鼻涕直流，我是連外套都不穿，只在卡其上衣裡面塞進兩件毛衣，這樣配著既有的舊長褲，無論是任何顏色，跟卡其上衣都百搭。也就是我期待中最完美的大年初一裝束。

穿著新衣到鄰居家，再結伴轉進村子裡，玩撿紅點，玩殺兵過五關，玩跳橡皮筋，或聚集在廟口，聽那些由高雄回來的大哥哥們，說些好玩的，略帶捉狎的話。例如當學徒三年，三餐就是「吃老闆、睡老闆娘」，每個月還有薪勞可拿。他們也會說著哪家的，那個大姊姊，做了老闆的會計兼……，還生了孩子，這些話我都只是聽著，不忍去想，亦不再對家人同伴提起。因爲那些姊姊，她們都是很慷慨和善的人，每次只要過年見著面，都會給我一顆顆獨立包著糖果紙的高級糖果，還有口味很獨特，在澎湖不曾吃過的餅乾。有時我會特意繞道到她們家去，除了一定會「被發現」，而大獲讚美的制服上衣外，也一定會有滿到小手裝不下，用衛生紙包著的年節甜蜜好滋味，其中我最喜愛鹹鹹甜甜焦焦的肉乾，或一小捆幾小絲的肉脯，有時我會沿路品嚐吃回家，有時會理智的想分三姊吃一些。

那時，我眞的很希望家裡的哥姊能去高雄工作，這樣吃的東西會闊綽餘裕些，爸媽會有更多的錢讓過年能更澎湃豐盛些。我想炫耀的不只是過年的制服新衣，還有領了幾個紅包，我已存了多少壓歲錢，年夜飯吃了哪些好菜，又滷蛋和切得薄如蟬翼的香腸與皮蛋冷盤。

連日的新雨，夜不成眠時，總想著若明早田裡不太濕，該是要去種花生了。那天我忽然想到有一次新年初，媽媽由田裡巡視回來，說有一畦花生田布滿雜沓的腳印，深深淺淺，是人的鞋跡，也有狗的足印，媽媽很心疼春雨春雷中，灑下的飽滿花生仁。我問媽媽是否要用耙子翻土再重新播種一次，用家裡原本留著要帶便當，炒來吃的花生仁。媽媽說：不用，就讓它維持這樣，花生仁或許踐踏太深抽不出新苗，或許被踢翻出土壤，讓小鳥給吃了，做農討山的人也要學會順其自然。

過幾天，媽媽再去查看時，竟意外的發現，都還好。生氣勃勃地抽出新綠。

奔跑的電線桿

傍晚途經散步的小公園，總能見到一整排的燻黑木頭電線桿，這裡的人總惜物，留著日治時期的老木頭，木頭上有著固定間距嵌入的瓷鈎，這些筆直的電線桿其實很難有美觀或做爲乘涼的用途，但鄰居們就是規矩的將它們緊捱路邊放置，小心的依靠著自家的牆，讓它不會因季風吹移而有所歪斜橫亙。

對於這些電線桿，我本能的，覺得該跑起來。要不，就快步走過，潛意識是這樣驅使的。

還未識字，未讀小學時。鄉下的老屋，廢棄的舊房子外，常常有老榕樹盤根錯結，像是吸附了所有精氣，蒽鬱異常冠蓋壓迫的生長著。這些屋子裡，傳說總關過瘋了病了的人。偶爾，我們一大群小孩，玩得太忘我，在這巷弄阡陌間奔跑著。無處不玩，不躲。四下無人又不知餓的一直玩到天黑。

我們鄰厝是一大戶人家，一位曾祖母已九十歲，她是村莊裡最受景仰的耆老。他們家主屋

的偏房裡，放著一具預留的上等柳州棺木。簇新大紅漆的味道，始終縈繞在這逼仄的暗房裡。曾祖母，她四季都穿著大裙褂，裹著小腳，拄著拐杖。每天吃力的跨過正廳門檻，坐定在大廳堂。廳內牆上掛著丈夫，兒子的畫像。黑白鬚髯，栩栩如生。平時我們沒人敢獨自坐在廳內，因為陽光總照不進來，一屋子的清冷森然，連兩邊廂房的門簾都暗自飄動著。

曾祖母乾癟蠟黃的肌膚，斑斑點點。我不曾見過她睜眼，也不確定她是否瞎了。但她聽力靈精，我們踮腳的聲音，她都能感受，更會怒喝我們。她的頭髮是用繡花精巧的布飾由前額貼攏於耳後，一個灰白飽滿的髮髻盤轉於上。厚厚的耳垂掛著兩朵金耳環，富貴又威儀凜凜。

所有玩著捉迷藏，貪玩誤入大宅的孩子，乍見都心驚膽跳。若傻傻躲進那虛掩的偏房門後，與幽暗中泛著漆光的大紅棺木共處一室，只為贏得勝利，不被找到。那怦怦跳的心，很可能會在被發現的瞬間，就此停止。

玩太瘋，可能會著了魔。或白天見了曾祖母。那夜裡，或許是感官太震撼，總睡不安穩的大呼小叫，作著惡夢，哭喊著。醒來後身體不適，受了風寒的發燒或是昏傻的叫不醒。

當時沒錢看醫生，祖父母們都用自己的治療祕方。那就是快速取下平時捲放在神明供桌香燭旁的紅色春聯紙，請會寫毛筆字的人，在小小的，裁得細長的紅紙上，寫著：噩夢出賣。連寫幾張再剪開，再趁著人跡尚未擾嚷時，不被發現的，張貼在村子電線桿上。

當時的鄉下人沒有常備的漿糊，時常都是急用時再自己調。祖母舀起一小勺麵粉，起個鍋加點水，煮成糊。等漿糊冷了，她直接帶著整個小鍋子，再帶上那些寫著噩夢出賣的紅紙條，放口袋中，急急奔赴村子裡最明顯的電線桿。祖母不矮，雖踮了腳，還是只能貼電線桿的較下方。按規矩是，後來的不能遮蓋別人之前貼的惡夢。

在成長的歲月中，每次我們到村子裡，拿著罐子買花生油，買日用品，或找找爺爺哥哥回家吃飯，或拿回廟裡祭拜的貢品。都要經過那些電線桿。遠遠看著貼得密密麻麻，高高低低，深深淺淺的紅紙，那被風吹起一半的，是張牙舞爪，又似哀怨的牽掛飛扯著。那麵糊貼黏的落點處，被蟑螂由正面啃蝕著，點點片片，成了破碎的網狀。但依然，意念飛舞的出賣給所有經過的人。鄉下人都說小孩子八字較輕，所以我跑著，飛也似的，沒命的追趕著。一群人時，你不能跑太慢。若只有你，更沒有推拖替代，噩夢如箭如弓弩，那拉開的半徑射程，你至少會分

到一個。或新或舊，墨黑或褪淡，也許經久殘缺，也許朱紅如血。又電線桿的最上方也有人用鋁片釘著「神愛世人　信主者得永生」。你更是拔腿狂奔，什麼是「永生」？通往永生之路是必先經歷死亡嗎？

寒冷呼嘯的冬日，往往跑到家時，一身冷汗浸溼毛衣。心想著，今夜能否逃過糾纏？思索著要不要再告訴大人？再貼一張？那些被關在老屋內，瘋了的人，是被村子電桿上的集體大出賣，給鬧瘋的。又自己不會知曉的八字，有多輕薄。多年後，我無意中再看到這炭黑的電線桿，安放在社區的路邊。我聯想的是，它們終於不敵所有惡夢的經年纏繞，無期託付，而路倒。日治時代這些燻黑不受蟲蛀的古老工法，不因歲月而腐朽，僅一兩處不堪風吹日曬的裂縫分岔，夢應該由此流失了一些些，不那麼包藏禍心了。

髮辮

暑假的清晨，在校園見到一棵特別茂密壯碩的老榕樹，微風吹動長長層疊的鬚髯，我不禁用手輕攬慢攏，下意識的想將它結成辮子，綁上紅緞帶，想像那是自己光亮扎實的髮辮。

在我成長的六零年代，留一頭秀麗如瀑布般的長髮，是每個小女孩的夢想。因爲老師和男生們都喜愛綁辮子的女孩。她們可以當班長，可以到辦公廳幫老師倒茶水、送作業簿。也可負責檢查一整排，每位同學的衛生紙、手帕、水杯、抹布有無帶齊。我喜歡做這些工作。若眞見到有同學沒帶齊，就見獵心喜般的跑去報告老師，讓他們被處罰。

成爲老師之後，對於常來跟我打小報告，拿紙條給我，親近我的學生，我會多點心思關注這樣的起心動念。因爲我熟悉想被肯定，被老師喜愛的感覺。我也會委婉的提醒學生，這樣可能會帶來的同儕人際壓力。這預先的爲他設想，是對於青春期孩子次文化的了解與一種未雨綢繆。

近日，我決心剪去留了十多年的長髮，因為難掩白髮。剪髮當天，特別請髮型設計師下刀時留一小束髮，想收著紀念。這三千煩惱絲，往後，只能慨然那削去的大半，而我亦無髮再使用多年來收藏的髮飾髮簪了。

美髮師俐落熟手的剪了後腦勺正中央，那毛流最美、最貼近頭皮的一咎頭髮，用黑色橡皮筋捆好，慎重的拿給我。

經年留著長髮，該是種補償心態。自小，我都很乖，卻總吵著媽媽讓我留長髮。媽媽不理，總在套上全開報紙後，將我剪成西瓜皮。這樣她就很久都不必幫我剪髮，眞是無情！她沒空幫我洗洗梳梳，也不會像同學的媽媽一樣，讓我趴在她膝上，細細的幫我綁辮子。

我長過頭蝨。小學時，每天第二節下課是二十分鐘的休息時間，老師必須幫我們噴上頭蝨藥。當時沒還有浴帽，老師只得用午餐廚房的麵粉袋撕成布巾，在噴完白白的藥劑後，將我們的頭包緊。二十分鐘後，我們再自己解開。在走廊的水龍頭下，認眞的沖乾淨。沒有香皂和洗髮精，我的頭髮始終都有一種殺蟲劑難聞的味道，雖然許多同學也有這樣，但生命中的困窘與羞愧，並不會因為有人與你一同，而少些眼淚。

那一段上學時光，約有一年多。當年的小學生是沒有髮禁的。但我們家的孩子都還是超級的西瓜皮，ㄇ字頭。長了頭蝨後，我的頭髮更短的露出了大半個耳朵。

鄉下孩子，喜愛摘下榕樹葉把玩，或將它捲曲著吹出聲響來。有些男生們會有很長的氣，很厲害的技法，只要幾片榕樹葉便能吹完整首歌。那時的午後，我也會蜷起幾片榕樹葉，吹響幾個單音不成，就將樹葉汁液折折擠擠的玩弄著。在廟埕旁的老榕樹下，男生們會跟我說話，他們都是平頭或光頭，都不怕我的頭蝨或頭蝨卵跳到他的頭上。我在樹蔭下，看著老榕樹鬚隨著南風擺盪，我立志留一頭長髮，爲自己打好飽滿的髮辮。

一段蚊香

思念不曾老去的父親。思念年輕精明的母親。舊情綿綿是，不遠的時候，烈日豔陽，風起時節。海邊的鄉下，等待日落而息的盥洗皂香後，全家一起乘涼說話，等著看滿天都到齊的星星。父親會親自點上兩片蚊香，我們習慣關上所有的燈，在門廊下聽爸爸說著他警局當班的事。

他生動的說著各個長官，有龍官柴官王官……。爸爸向他們學習說國語，也學著煮外省菜。我們天天都有菜園子的紅綠辣椒炒少少的蛋，重油重鹹的配著白飯，好吃，真的好吃。

爸爸當時是工友，跑腿送公文，總不錯過任何學習認識國字的機會。長官們那有如龍鳳飛舞的象形字體，據說當年在大陸的學歷證書都因輾轉播遷而遺失了，口頭說的也算數。那些字，父親著實難以理解辨識。又不能將公文帶回問我們這些孩子。少數長官有著扎實學問，寫著工整不含糊的鋼筆隸書正楷時，爸爸總羨慕不已。將字詞的長相樣子默背著，回家後寫給我看，問我詞意及念法。

爸爸服務的民防指揮中心隸屬警察局，每月一次月會，全中心的人都要輪流上台帶領大家讀訓。輪到爸爸讀 國父、蔣公遺囑時，爸爸都事先將夾著遺囑的深藍布卷宗夾拿回家。待晚間全家聚集乘涼時，他號召女兒們，拿出卷宗，字句必較的要我們教他念。

他會先讀一遍，我們就著紗門內客廳的光線。兩兩一組，如左右護法的站在他旁邊，集思廣益的想著如何書寫成相對應的同音字。我拿出小學生墊板，背面有注音符號，讓爸爸一邊學注音。力求不念錯，不跳行帶過。

時常我們邊記邊笑，忍俊不住。笑到蹲下彎腰。一組孩子，又換過一組的輪流著。我們按照字詞出現的順序，寫滿一張日曆紙，在那沒有影印，不能做記號於原版的抄寫年代。逐行逐字的要父親慢慢來，父親搔頭默唸的琢磨了一整晚。

如〔同舟共濟〕，我們就寫同「周」共濟。不然父親情急之下就會念成——同丹共濟。父

親不曾學過注音符號，只讀三年日本書就遇空襲，幾乎天天躲防空洞。工作四十年，大半輩子都在聽差跑腿。六十歲退休，還每天重複看著新聞，戴眼鏡跟著主播認字幕，反覆惦記。由熊旅揚，胡雪珠，李艷秋，沈春華到張雅琴。

夏夜的空氣中，有種氣味，是裊裊輕煙，是鄉下人必備的蚊香。每當一圈又一圈的將他們細細分開時，會有個聲音叮嚀自己不能弄斷。父親說被掰斷的蚊香，就是幾乎沒用的浪費了。因爲若沒有蚊香盤承載，一截，一段的蚊香，就會被放棄在鐵盒中，到最後只能同一時間點燃每一段，少了該有的經濟效益，也失去驅趕蚊蟲，綿延到深夜的效果。

日後，我拿起粉筆教書時，常告誡自己，在句讀斷點間，不要過度用力地將粉筆寫斷，因爲斷一截，再預留手握的長度，這粉筆等於浪費了一大半以上。想來這也是那年代，惜物謙遜的深情。後來有了粉筆夾後，我用一個鐵盒子，裝著四支不同顏色粉筆，伴我朗朗書音。

濕手的牛糞

近日忽晴忽雨，常在雷雨時刻，與山嵐對望。看著凝聚，飄忽。青山上因不同的林貌，深淺綠意，層次出落，閑靜如日式園林，刻意似安排雕琢。聯想的禪思，融融於雨不停的氤氳中。

盛夏八月，該有炙熱的艷陽，將四散於田中的高粱桿，花生藤曝曬乾躁。等過一兩天，我們就要將它們收束圈捲，綑綁壓緊後，挑在肩上走回家，或讓爺爺將牛車駕馭到離田地較近的凹堎處，我們一綑綑將藤桿全數堆疊上車。就可一路晃盪回家。曬乾後的高粱桿與花生藤都有一股清香草氣。我大字形的躺在上面鎮壓著，雙手抓著繩子，時而閉上雙眼，時而看看飛鳥與晚天。我不怕從牛車滿載的草堆上跌下來，因爲，我盤算過，那份快樂，是值得冒險的。

我成長的七〇年代，家戶裡已有瓦斯爐，不過好像捨不得用。我家有一口大竈，竈口內是雙層的，上層是將薪柴放入，中間留有一生鐵鍛的，如圓扇大小的條狀篩子。薪柴燒成灰燼

後，稍稍用耙子一劃，煙灰就掉落於下層竈口。等一天餐食都煮完，灰燼冷卻了，我們再耙出當日所有的薪柴餘燼，置放畚箕內，拿到屋旁避風處的菜園子裡，直接倒在泥土上當肥料。四時的蔬菜蔥韭就長得挺拔青翠。

有幾次，我偷懶不想劃灰燼，因總是弄得灰頭土臉，眼睛很痛，眼油直流。一向好脾氣的奶奶會罵說這樣灰燼堵住竈內，空氣不好流動，要多耗一倍的柴火，薪火也燒不旺，鍋裡食物就煮不出好味道。日後想著，奶奶雖不識字，卻總是睿智明事理。她教的火候掌控，顧好一口竈，竟是如此的全面通透。

用竈燒飯的日子，總擔心沒有足夠的柴火。尤其是冬天，遍野灰濛濛的天，野地就只是單純的土，綠意不生。逆風外出撿些黑黑黏黏的鹽煙枯枝，勉強燒著時，整個竈口都是煙，嗆得難受。旺火煮食，最好的燃料，除了花生藤，高粱桿，就屬牛糞最給力，耐燒。所以平時只要在野地放牛處，有牛糞，我們都會快快撿起。有時，那還未全乾的，會先讓糞金龜練一下隱身術。

父親扁擔上肩，挑著兩口大竹籃，我在田野上跑來跑去的尋著牛糞，繞著父親。他說全乾的牛糞放在後方的籃內，快乾的要用手上下稍微捧一下，別怕髒了手，不然有可能都撿不到牛糞的白走一遭。又還未全乾的，放前面籃子。前頭重些，會較好挑。人與擔子走在季風中，較能鎮穩住。

每當我回顧自己，想著——美麗的生命，總需要一些敵意。這些凡事都要穩妥的思考模式，主宰著我大半生的每一次抉擇，那就是：不能冒險。我的智慧、熱血，消蝕在瞻前顧後，抗衡著那個原生的自己。

破殼而出的掙脫，甩開裹護周身的濕黏薄膜，那奮力與勁道，竟是中年以後。在青春的教學現場。當我振振有詞的說著一個永遠不屬於自己人生軌跡的路徑時，那一地的荒涼，我極力想補綴，想追逐、想漂浮，想與失重把手言歡。

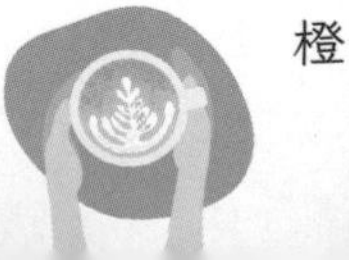

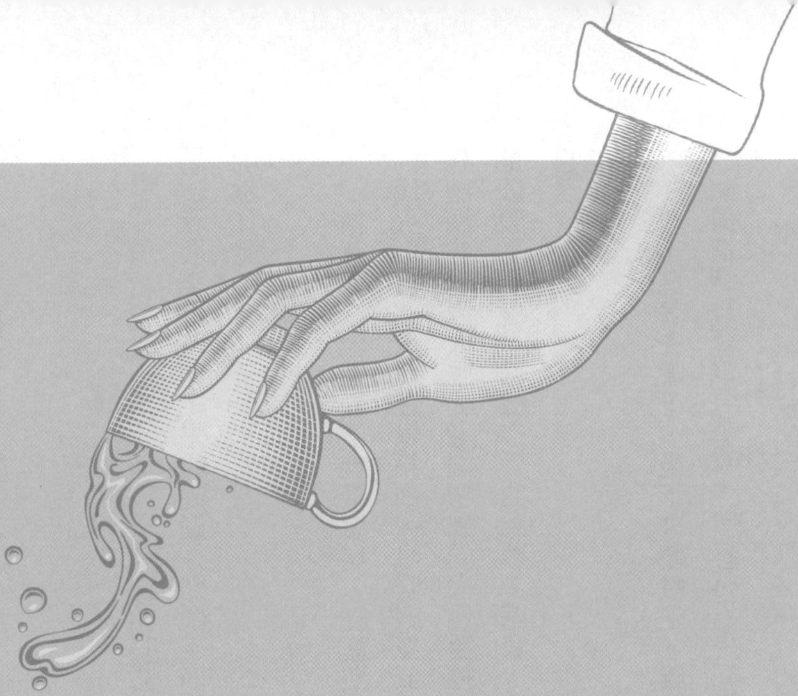

第二輯　利口酒

下午的那一場戲

十月的島嶼，陽光露臉時總顯得格外明晃敞亮，隱約聽得麥克風斷續的放送幾聲電子餘音。秋收酬神時節，是祖師廟在熱鬧。而能穿越島嶼這鋪天蓋地顛顛季風的，就只有電音配樂的歌仔戲。

循著聲音，來到了社區廣場，紅藍塑膠棚子被吹得鼓鼓，間歇的凹凸起伏著。一旁紅烙烙的炭火，彼此依偎在鐵箱內，烘暖的空氣中滿是蒜醬香的誘惑。架上一邊是油潤香腸，另一邊是飽滿的米飯大腸，老闆精確的火侯溫控，熟練似表演的轉動每根香腸，米飯大腸。它們也像是迸開了心事，滋滋作響的說著，選我，選我，像益智節目中的小學童，擠眉弄眼的爭相指著自己。

我不急著去哪了，坐下來聽戲吧。雖然不愛廟裡的嗩吶聲，總太「聲聲入耳」，但此刻的氛圍與情調實在很有感覺，所以就近選一個邊邊的位置坐定，不擋後面避風看戲的長者們。

稀稀落落的幾個觀衆，都安靜的聆賞。該是對戲碼陌生，想迅速入戲，也或許是舞台音響太強勢，麥克風擴音壓制所有，讓彼此交談徒勞了。

午后已有冬日寒意，斜風吹過廣場，我習慣的壓低一下帽子，想起了錢穆先生說「那些忘不了的人與事，才是眞生命。」

是啊，上次看歌仔戲是國小時。細究這遙遠距離的緣由，是因不愛狂風亂髮的狼狽樣，怕頭痛，總嫌台上的一切太現代化，太嘈切，擾得我神經緊繃，心亂如麻。那此刻這股驅力，是兒時思念都傾巢而出的使然。

我習慣先搜尋著舞台。頭頂抓綁著一球頭髮，瀏海整齊的音控小哥，忙碌的一人全攬所有的鑼鼓鈸聲。對照起從前，那樣的戲台角落，至少是一排三人的管弦絲竹樂師。舞台邊框的電子霓虹看板，字節奔跑著～～農曆歲次壬寅年十月初三今日午場黃巢亂唐。正中央兩幅布幔，前幅是廳堂，後幅是山水，隨著情節樂聲迅速變換著，廳堂那幅褪色成薄涼淡紫，草莽青綠的那幅也如避世歸隱，淡出於蕭瑟，也歷史，也滄桑。倒是正上方〔明華園天字號〕的招牌，紫氣東來的瑰麗逼人。

回首看戲過往，這是我第一次如此清晰地看著舞台上的角色。生旦妝容都細緻，眉眼的描繪也鮮明，體態勻稱，聲音飽滿，唱腔圓亮。雖看得出年紀，但每個人都維持著一種舞台的魅力與風采，那是不需任何對於美麗的包容，就能讓人心生敬佩，由衷稱許讚賞。

對於歌仔戲戲碼，我仍停留在小時候的王寶釧苦守寒窯十八年，薛丁山與樊梨花，陳世美棄糟糠妻。那時的許多個寒夜，村子大人小孩都夾抱著木頭小板凳，手插褲口袋，成群結隊走到廟埕前看戲。偶爾也「追劇」，那是自家村莊演完，劇團預告著行程，我們一往情深的再到鄰近的鼎灣，中西，和路程近一小時的沙港村，一檔一檔的追著。

村子的戲棚正前面，會有幾排座位，是用廟裡平時拜拜放供品的長長坪板和空心磚堆架成的，專門給小孩看戲的特別座。大人則是由自家拿出圓板凳，長條椅板，天尚未黑時，就先去占位置，給自己，也幫朋友占。那種大夥坐一起，有著說笑的歡樂，是農忙後無可取代的心滿意足。占完位置，再回家迅速洗澡吃飯，香噴噴又舒服的期待著一場感官與心靈的饗宴。戲大約是從七點半開演，十點半散場。我們回到家都快午夜了，只能說演戲的看戲的都瘋魔了。平時夜裡八點鐘，全村就已靜寂，唯風聲情痴，守夜至天明。

我之所以記不得太多的戲，是因爲當時年紀小，無法理解那鏗鏘有力的忠孝節義。因爲我坐著前面，尷尬的個子，總太高的擋人了。我不安又無聊，就躬著身子穿過舞台正下方，到戲園子帆布開口處，看著演員們上妝聊天。有時活動中心剛好連著戲台（當時慣用它來充當全體團員們睡覺吃飯的地方），我看著幾個大小孩子，在一床床相連接的棉被枕頭上，有的爬，有的跑跳，互相追逐玩耍。一旁洗碗整理的阿姨，時不時的抬頭看顧著他們。一兩個背心穿著，衣服直接寫著兵卒的大孩子，手持關刀站在入口處，準備聽到鑼鼓換場聲，就要越過戲棚搭繩，跳上舞台，跑跑龍套串串場。

長大後，有個畫面時常停駐在我內心。一次，一個穿著戲服的旦角，下台後直奔活動中心內，攏來孩子，解開衣襟，讓孩子吃奶，隨卽又在棉被下摸出一包菸，打火機。深深的吸了一口，吐出一圈圈的菸，再慢慢的將它抽完。我急急退開，怕被罵，因爲自己的窺視，因爲她的裸露。當時記憶中，村子沒有一個女人會抽菸，哪怕是高懸著菸酒牌的雜貨店老闆娘，也不曾抽著菸。綢緞錦衣的女旦，斜靠捲起的一座棉被小山，兜著倉皇接收汨汨乳汁的嬰兒，孩子嘴角流淌滿溢著油潤。吸吮之必要；生活之必要；迷濛之必要。那一刻，她，比起台上任何一次的扮相都美，毫無保留，簡單乾淨。

年幼無害，所幸未被驅趕，盡看戲棚下，後台內，人事物。我目光所致，最爲鍾情的就屬那年代女生都愛的化妝箱。生旦們身著素潔淨白的硬領脖圍，端坐鏡前，挑起幾絲鬢髮，醮著碗內的髮膠，沾黏整齊的勾勒到雙頰，幾分柔媚，幾分英氣，盡付其中。不聽他們的聲音，眞讓人雌雄難辨。一旁珊瑚紅，正桃紅的化妝箱，是魔幻寶盒，承載映現所有姣好與光華。

箱前一對可兩邊滑開的鎖扣，恰如久遠年代的行李箱，輕輕一撥，箱蓋就會自動彈跳開來，滿滿的華麗細軟殷殷實實。珠光白緞面的縐褶襯布，襯出明亮的鏡子，箱蓋穩穩的立靠著，各式顏料，長短粗細的彩筆，大小粉撲，吸附了凝脂粉香，只稍輕輕一推，微微一刷，嫣紅漫漶，迆邐至耳際雲髮。生旦們起身罩上外衫，整束髮網，戴穩配飾，或珠花，或雉翎，或紗帽……。整個後台立時晃動擁擠，大家自動讓出，那抬眼，便是姿態；步伐，已成場面。粉墨登場的前戲，春色已撩亂，人心已騷動。

歌仔戲演出的日子，若遇寒假時，我早早就會跑到海邊，觀察著戲班們的日常。在戲團裡最有壓力的，大概是武生，武將。吃午飯前，他們先是運氣練功，再拿起兵器，長刀長棍，揮舞跳躍，幾個側滾翻，前滾翻，後空翻，再跑上幾小圈。冬日裡，練出一身汗。樂師們，則在一旁抽菸閒聊。女角們，在活動中心內燒水，盥洗，顧孩子。煮菜阿姨清理市場菜販送來的魚

肉蔬果。空氣中，海風鹽煙中，飄著辛辣的蔥韭薑蒜，人聲擾嚷鼎沸。陌生人，新鮮事，我的村子多了難得一見的活力生氣。

歌仔戲團拔樁，拆棚，離開之後。得空時，我會將自己西瓜皮的短髮，抓出鬢角，用口水沾溼貼於頰上，身披對摺的大花被套，在領口袖口處翻出一些素色內面，踩在嘎嘎作響的日式通鋪房內，水袖輕撩，蓮步款款。眼眸顧盼間，彷彿已是寒風中，那年的戲台上。

（本文刊載於中國時報人間副刊2023.03.15）

觀眾請點歌

老家三合院在我二十歲那年原地重建了，連帶距離屋外約三十公尺的那個老式廁所也在新屋蓋好後，乾淨的封住剷平了。父親說留著功用不大，又有礙新穎的難看著。

對於這種伴我青春成長的老式廁所，近幾年來，只有在車過蜿蜒的鄉間小路上才能偶爾看見它的身影。空心磚建材，水泥抹過的主體，不美，也總能看出歲月風蝕的粗礪。

成長時期的冬夜裡，冷冽的風，我肚子總是幽悶的痛著。彼時的家，是坡地上單獨的一幢老房子，四周圍都是野生蘆薈和鋒利割人的澎湖菅芒。若驚嚇呼喊時，也沒可相援的鄰厝。就只有一盞幽微的路燈，事不關己的漫漫散著光。

父親的工作是三天輪一次大夜班，時常不在。平時我們女孩子小解，就用家戶都有，類似夜壺的桶子，隱藏在房間角落，用門簾隔著，撇開氣味，一點都不困擾那年代成長的我們。但

遇到不是小解時，我就得央求著三姊，陪我一起拉開門栓，推動厚重的三合院大木門，全速衝進狂風裡。兩人前後躲進小小的廁所裡。這時，我會在右上角摸到火柴，點上蠟燭，抖抖微微的光就忽明忽滅著。廁所的左上角避風處，安放著一個卡通圖案的塑膠方盒子，裡面裝著衛生紙，開關門時，再怎樣狂的風，煞開了門，也不會將衛生紙吹飛浪費。但有時，風太大，火點不著，人又太急，就也管不得這些了。

廁所的小時光裡，三姐面著一方紗窗，背對著我，高亢宏亮的爲我唱歌。我們那年代的人，沒有太多書本，也沒有娛樂，得空時，就是唱歌給自己聽。她對著廁所木門上方通氣口，深深的換氣，就開始唱起一首首的歌。三姊先是唱音樂課本裡的歌曲，再唱合唱團裡每天練習，當年度要參加比賽的曲目，像是李白的《清平調》，徐志摩的《偶然》，義大利民謠《散塔露琪亞》，這些都唱完時，她也沒催促我，就學當紅的歌星說：觀衆請點歌。我就點了原野三重唱的《在那銀色月光下》，聽著三姐輕脆乾淨的聲音，我也順利的忙完了。我們就再一起衝進被風吹得冷颼颼的暗夜裡，在三合院二進的水缸處，舀一小瓢水，意思意思的過一下手。這樣的風裡來去，我睡意全無了。雖然才晚上九點不到，但潭邊的鄉下，已墨黑得嚇人，凌亂的風裡，依稀仍聽得那破碎又遙遠的狗叫聲。

幾年來，我與三姊經常在寒暑假一起到歐洲玩，有一年我們參加知名旅行社主打的捷克蜜月團，抵達首都布拉格，標榜五星級飯店連住三晚。一進到敞亮的房間內，就看到床上撒著一顆大大的紅心，玫瑰花瓣耶！復古小書桌上，精緻的瓷盤裡，有兩顆頂級巧克力，兩顆嫩綠的青蘋果，還有飯店經理親手寫的歡迎卡片。天啊！我倆放下包包，立刻躍上大床，像雪天使一樣，把床弄亂，再弄亂，在玫瑰花瓣中翻滾。開心的大叫著，三姐說：老妹，想不到我們能有今天。原來人生可以如此快樂。晚上就寢前，我分配床位，我跟姊姊說唯一的大床給你睡，我睡外面的小臥榻，我戲稱那是僕人房。旅途經緯中，我只要一顆安眠藥，就可對抗時差，還有陌生的認床問題。

深深的夜裡，我倆話說完了，我人卻還不累。靜靜地抱著被子，躺在美人靠臥榻上。燈火輝煌是布拉格的夜，格子窗外，是東歐古老的仲夏。澄澈的心，是兒時曾經的風中搖曳。

劈甘蔗比賽

一日午後，打開友人送的唐寧南非國寶茶時，一種熟悉的味道撲鼻而來，順著氣息流進心底。

楞想了一下，連結起父親的味道。想到蜿蜒的村莊小徑，我抄近路的跳跨過幾戶田埂小徑，一路快跑到村莊唯一的柑仔店，幫父親買黃色包裝的長壽牌香菸。那菸絲有著跟Rooibos南非國寶茶一樣的氣味。那遺忘許久的味覺，偶然不經意的打開，竟如精靈般的汩汩湧出，縷縷清新又跳躍，將我全面攻陷。

隆冬的夜，沒有很晚，但已聚集了許多的村人在柑仔店——劈甘蔗比賽。看誰能一刀到底，不偏不倚地將甘蔗剖開成兩半，那就是贏家，贏家沒有獎品或獎金。唯有的，就是博得在場所有村人掌聲，讚聲。以及久違了的親族父執輩叫好、喝采聲。像是這樣的能力，暗喻著你在台灣本島一定也發展的相當輝煌。

成捆、成捆靠著牆角站好的甘蔗，被一枝枝抽離，挑選出。通常是選色深又圓既粗，根鬚老氣橫秋的。一截截，節距較遠的，頭尾圓周直徑幾乎等同，會最先被挑走。店家那把有別於一般刀子的長刀，銳利、薄黑，刀面中空的減低重量，增快速度。應聲俐落威武的將一枝枝比人更高，只站好瞬間，就要秒殺的甘蔗，咻一聲的劈開。甘蔗立即倒地，觀眾純熟閃躲的姿態，都讓人嘖嘖稱奇。蔗身嫩白，外皮赭亮，完美的對稱優雅。

此時，老闆娘俐落的將被劈開的甘蔗削好，再按間距，避開硬節處，用刀背點按一下，就完美的斬斷了。那樣的技藝，圍觀著滿屋子樂呵呵、鬧熱喧嘩的村人。

我更歡樂，因很難得的不必消費任何店內物品，就能有細白嫩肉的甘蔗吃。成堆成堆的如小山放在一旁的木桌上，雖每枝都已是一半。但沒有比此刻、眼前，更奢侈的「不完整」了。那讓我想起英文中，丈夫恭維的比喻妻子是另一半更好的自己~better half。含蓄動人的風度無限。

村子裡所有在場的大人，穿梭其間的小孩子，都可取用。我一手拿著甘蔗，急忙地吃咬

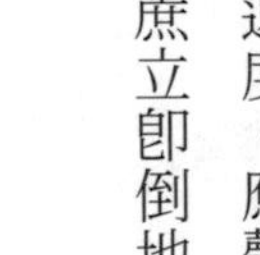

著。另一手又由地上認眞用力的拖來，那才剛被劈好倒下，慷慨就義的甘蔗。

老闆娘眉開眼笑，因爲整捆甘蔗都被一口價的買斷了。盤算著明天又可讓三輪車再載來一捆。平時一捆安靠牆角，都要賣上好幾天的停滯慘澹，都拋諸腦後的全然遺忘了。

這些包下全村愉快夜晚的人，有在台灣本島賺了大錢的。有年前回來探望老父妻小的。也有幾年不見，跑遍世界，發達了的，走船跑遠洋的鄰家大哥們。

季風呼嘯的冬夜，滾燙的耳際、熱絡瘋魔的心。鼎沸的人聲，嘈嘈雜雜。柑仔店燈火通明，晃亮白熾如蒐集了島嶼所有的歡樂。集散地，吞吐港，地上滿滿的甘蔗渣。深及腳踝，成堆靜落，踩在上面的雙腳踢踏又輕盈。

原來美好的事物，似乎都能在腦海自動備分，只稍季風輕輕撩弄就能完全的讀取，瞬間投影在心版上。不覺莞爾的淸淺笑意間，嘴角盈溢著甜甜蔗香。童年時光暖熱，如風吹過湧動的滿山遍野菅芒，浪浪漫漫，掩掩映映。

鍋粑

小時最愛吃的零食點心是鍋粑。

每天下午祖母會用兩三瓢水，將大灶上的大鐵鍋洗淨。因鐵鍋很大又很重，平時不能移動它，所以是將水舀入鐵鍋內，用煮菜的鏟子攪和一下，或是用老掉，曬乾的澎湖絲瓜（現今菜瓜布的前身）在灶內繞洗一圈，再將水舀出。無法舀太乾，因鍋底很深。但大灶柴火旺得快，一下也就將鍋燒乾了。

祖母將一旁已淘好的米和水倒入大鍋內。爲了節省柴火，祖母都教我們要先將米浸軟約半小時，讓米粒吸飽了水。大灶柴火一燒，約二十分鐘，就熟了。不可掀開，鋁製大鍋蓋要陷緊在大鍋內。悶一陣子，這時灶內火熄了，卻仍是滾燙炙熱。再丟三四個橢長身的蕃薯入灶內正中間，將灶內的灰燼都劑到中間來。扣上大灶爐口小鐵片，悶住蕃薯，三十分鐘後，上面的飯，下面的薯就都熟透心了。

祖母會將飯盛在灶緣的一個鋁鍋內，那鍋是專門用來裝飯的。味道特別單純乾淨，不可和其它鍋子混著用。緊接著，就是我最期待的～剷鍋粑。

黏在大灶鍋上，最底層已被爐火炙煨焦了的米飯。祖母會技巧的沿著邊邊一直剷起，一大片一大片的放盤子上。接著祖母手上沾點煮菜用的豬油或花生油，將所有的鍋粑捏成一圓球狀。通常一大鍋飯，只能捏一兩個鍋粑。我都一直守在灶邊添柴火，時而看看鍋緣冒煙了沒，時而探看爐灶內火會不會太小。要不再添些高粱桿，或木麻黃枯枝。所有的等待只為這一個圓圓的，扎實的鍋粑。這是只有顧柴火或煮飯的人才能有。那焦焦黑黑的飯，透著穀物的香氣。脆脆的黏裹著米膜，油亮溫暖。一口接一口，邊吃邊看。吃完了最後一口，還是很餓。這時我會偷抓一把剛煮好的飯，在還有一點油油的手心中，捏滾一下，再吃了這口，才算有飽足感。

有大灶的日子，每年夏天午后，都會有一個挑著工具箱擔子的黝黑乾癟老人，來到村子裡。他幫家戶補鍋補雨傘。也會補燉雞用的陶製甕碗公。這時祖母就會要我和她合力將大鐵鍋由大灶上抬出。我們倆謹慎費力的將大鍋放三合院門埕倒扣著，用挖花生的耙子，先將鍋上經年的黑色鐵炭粉刷落。再讓老人把鐵鍋較薄的部分補上薄鐵片。如此補強後，再將鍋子外層上一層保養油，放在大太陽下曬乾。

我總看著這樣的儀式，愼重持敬。保守美好。陽光下的鐵鍋，閃閃發光，如盾甲般的厚實沉甸。鐵鍋刷下的粉末，是一圈厚厚的圓，是一種隨意落定的安穩。彷彿這鐵鍋用它的生命將家圈圓了。雖然祖母總在這時抱怨那修鍋的匠人，年年都漲價。但我總等待他那拉開嗓門的補鼎……補雨傘……。而祖母一聲令下，我就跑到小路前，招手請他進來。鄰居們也就開始聲勢浩大的抬鍋拿灶，整個村子熱烘烘的像是過年一般興高采烈。

（本文刊載於金門日報2021.10.31）

狗母魚鬆

那日魚市場見到許久未曾出現的魚鬆，我往前走了幾步，又折回問販賣的阿姨，什麼魚做的，她回答狗母魚。我想了一下，還是沒買，因爲我覺得現在狗母魚很少，我不太相信她說的。回家後，一直對魚鬆的美味念念不忘。

小時，祖父以賣魚爲業。他總騎著大型腳踏車，在早晨時，繞著鄰近的各個村莊，大聲吆喝著今日的各式魚類。腳踏車後，架著塊大木板，再用黑色彈力塑膠皮帶，圈牢那木板上的三個木匣子，鄉下路坑窪顛簸，這樣顧著踏實些。祖父賣的全都是小魚，夏天最多的是紅魚、臭肉魚、狗母魚。

通常小紅魚賣得最好，其次是狗母魚。因爲小紅魚加些蔥花煎煮一下，一人可以吃掉一整盤，配上兩三碗地瓜稀飯，眞的很「續力」（台語元氣滿滿之意）。小紅魚產量大、價格更便宜時，還可裹上麵衣（糖、醬油、麵粉調成），炸成一大盤，酥酥脆脆，當零食吃。澎湖鄉下人，不分男女都很會料理魚，我想是我們愛趁鮮吃魚，那自己動手當然最快。

狗母魚加些芹菜末烹煮，最適合。起油鍋，放入狗母魚，稍微旋轉炒菜鍋，讓油過過每一條魚，去個海腥味。多加點水，一點點醬油，鍋蓋緊悶，一會兒功夫，再灑上芹菜珠末，再蓋幾秒，起鍋。翠綠又獨特的芹菜香，狗母魚都吃完了，湯汁也都整大碗喝掉，淡淡奶白色、清甜香鹹真過癮。

夏天狗母魚大出時，我們會將狗母魚刺挑掉，留下魚肉，切細碎，加入蛋白，將小鍋斜傾，用刮麵團的勺子，手勁強大的掏打成魚漿。再煮鍋水，將魚漿抓在手掌，利用弧口，擠出一小團，用湯匙挖取，丟入滾燙熱水中，一分鐘魚丸就成形熟透。再加上事先已用油炒過的紫菜（去其生海味），魚丸湯即成。雖口感較軟，無法如外邊賣的脆度，但清爽無負擔。

我讀大學在淡水，第一次嚐到台灣人做的名產——淡水魚丸。長橢圓形包著肉末，較大較細長。比起家鄉圓形的純魚製成的魚丸，台式魚丸多了肉末。風味不同。但舌尖上的滿足一樣愉悅！

小時每到過午，爺爺會將沒賣完的魚，載回家來。我們不敢曬成乾，怕成群野貓家貓，通通爬上屋頂將魚叼走。所以，就務實的將小魚做成魚鬆。通常都是臭肉魚，蒸煮熟後，去魚頭魚骨，剩厚板板的肉，我們用大湯匙在鍋中搗碎，起個油鍋，放入蔥、蒜頭，小火拌炒，加些醬油、糖，一點點五香粉，再拌炒，直至焦黃，等待魚的水分都被逼出煨乾了，放冷。儀式性的將魚鬆裝入幾個洗好擦乾的醬瓜玻璃罐，好像要吃很久，其實當天就馬上就吃光光，大家沒事都去偷一點來吃。

在沒冰箱的年代，我們將魚鬆放菜櫥內。菜櫥有綠色的紗門，讓食物維持通風，也不惹蚊蠅。輕輕推推、拉拉，很舒緩的節奏。日後，我偶然在台南一間飯店，見到大廳一隅擺放著菜櫥仔，裡面裝了一些傳統小餅乾，我無限懷念忍不住的推著紗門，再關上。

幸福，是吃著懷念的好滋味，魚鬆的厚工，讓狗母魚成爲美食的良伴。

深夜食堂

去年五月，防疫未解封時，每日雖只煮食一餐，當兩餐吃。卻也讓我費盡心思，變不出新奇的口味。每周必煮的咖哩，配上熱騰騰的白飯，回澎讀書準備國考的兒子，恭敬小心地端上二樓房間，就著節約冷氣，不開開關關的，他邊爬樓梯邊聞著說：好香又！懷念的好滋味。

我想起了他們小時候的美味就是：兩個荷包蛋醬油拌白飯。另一就是這濃濃的咖哩洋蔥，馬鈴薯，紅蘿蔔。這是他們記憶中，職業婦女的媽媽快煮的好味道。

在我成長的小村莊裡，我兒時的美味是雜菜，台灣本島稱爲菜尾。隆冬時節，一年農忙閒暇後，鄰里親族兄長都會辦喜事。宴客時，我們礙於紅包金額，都只有媽媽去喝喜酒。爸爸的工作是輪夜晚班的三班制，所以都是媽媽代表去。這是對外的說法，實情是媽媽去，我們精神與她同在。

她會帶著厚厚小布巾當手帕，只要肉丸子和胡椒包（刈包）這兩樣可外帶的乾料上場，她就打開那爸爸送她，唯一的，黑色塑膠仿皮包（寒都媽庫handbag），拿出預藏的手帕，將早已夾到自己碗碟的乾料放進手巾裡。同桌的鄰里叔伯們見狀，就會說他的那一份也給她。家裡孩子多，有心帶了，就多拿幾顆回去吃。

媽媽精明，總是不負我們所託的滿載而歸，在那沒有塑膠袋的年代，仍不減損我們越夜越美麗的期盼，因爲十點左右，那蓄勢待發的敲門聲響起，雜菜就送上門來了。

島嶼的六〇到八〇年代，喜宴辦桌完後，主人家會將幾道湯湯水水，收集在各個預先向親族鄰人借來的大桶裡，再推著類似「犁ㄟ嘎」（小小的兩輪鐵製車），逐門逐戶的分送著雜菜。

隆冬寒夜，我們家戶門關得早，所以，先關上三合院大門，不確定又滿懷希望的等待狗狗的叫聲，終於聽到雜沓腳步敲門聲，喜出望外地打開厚重大木門，笑著說：正好要睡了，今晚喜宴聽說菜很好，恁就甘欸、就澎派。

這時，我們小孩子，就將預先洗乾淨的大鍋子拿出來，主人家就用水瓢將菜尾舀了三大瓢，放進鍋子裡。但鍋深，看著就是只平了個底，他們就會再多給一瓢，客氣地笑著說：吃個氣味，沒剩太多料。

隨著狗狗溫柔的叫聲消失，我們小孩，阿公阿嬤，都出房門來了。待媽媽把菜尾大火滾過，我們剛好一人一碗，油嘴滑舌的細細吃著。雖說是要慢慢吃，小心雞鴨碎骨頭，其實是捨不得太早吃完，雞肉絲、鴨骨、筍絲、蝦米、鹹菜、青豆仁、豌豆、豆薯、蘑菇。甜甜油黃的一碗湯，過年也沒有那樣的好滋味。全家人圍坐在客廳，就那麼一碗，沒多沒少，沒有飽，但夠滿足了。尤其是寒風夜冷的年末，溫心暖胃，沒有更美好的時刻了。

我常想，以前的長輩們，如此敦厚，不論親疏，再怎麼晚，一定親送雜菜。沒包紅包的，包不起的，都來共享著這主人家的雜菜甘味。這黃土地、大海邊、海墘腳、村前、後面，只要是潭邊人家，都有。暗夜推載著重重的湯桶，有時還用扁擔挑著，出動全家大小的趕送分派著，那情懷是念著村裡孩子們殷切的期待。懂著白天孩子們上學，沒看到新娘子，沒拿到屬於他們的糖果餅乾。夜晚，就等著這雜菜，孩子們小小的想望與懸念，卻是主人家喜慶時，內心最完滿的儀式。

這不浪費的習性，在我教書成爲導師的崗位上，講桌內總備好塑膠袋。學生每日吃營養午餐若有剩時，雞腿、雞翅、豬排、炸物、炒飯等學生愛吃的乾料，我會把它們各分成一小包，放在教室後方的大籃子內。冬日的午後，學生肚子餓得快，常常幾個孩子體育課過後，紛紛搶食。若放學時還有剩，想帶回家與家人分享的，孩子們都很有禮貌的告知我，我會不動聲色的放在他們掛在椅背上的餐袋內。

學生通常不願引起注意的去包剩下的午餐，我懂那種心情。時常我趁學生上體育課或藝能課，我獨自在教室忙碌著大包小包，捆捆綁綁，教室內流動著午餐後的溫飽滿足。我再站在講桌前，翻開點名簿，再看看有無遺漏了哪位可能有需要的孩子。

那一道老古石牆

回家的路只要看到了開闊的中屯風車，拐個彎就會看到一道老古石牆。這道長長的牆之於我，是家園與鄰人的區隔，是圈住土地的界圍。更是生命中最熟悉的提醒與不捨。

父親生病後，不知爲何很在意，急切著要將門埕重新鋪上水泥。也再三囑託村長，撥些社區經費，拆掉整道老古石牆，全做成平整的水泥牆。

小時那老古石牆會用來曬海菜，一手一把的將洗淨海菜扶上牆。崎嶇不平的表面，完美的附著，即便風吹日曬，海菜乾了，也不會掉下來。母親說，我們小時，她把洗好的尿布，小衣小褲，都披覆在老古牆上。若逢冬季尿布未乾，她就順手收起，將尿布綁在自己的腰腹，用自己的體溫來暖和，這樣孩子才不會生病。很神奇的是，尿布曬竹竿上不易乾，又常是一道道黑黑的鹹水煙痕，但曬在老古石上，什麼污漬都不會有，好用得很。

長大後的無數個夏夜，我們都靠著老古石牆。門埕口有盞路燈，就著亮光，我們乘涼，

吃嘉寶瓜，看星星。爸爸有時爲討好孫子，拗不過小小孩的請求，還一起玩起著「蘿蔔蹲」遊戲，他是公蘿蔔，公蘿蔔蹲完，嬤蘿蔔蹲……。

夏日時節，生命力旺盛的牽牛花，總不可思議的爬滿整個牆面，嫣紅奼紫，綠意蔥蘢，延綿到小路的盡處。凹凸的老古石，鮮嫩的牽牛花，恰似倔強與柔情的宣言。

寒冬東北季風來了，會將它們吹得藤蔓枯萎翻捲，但攀附依然在，強韌不敗，一副「咬定青山終不放」的樣子，只待隔年春風迎來，又再綠遍江南岸。

我們四個姐妹，總在拍照時懷想起那道家牆，曾想，當初若不是爸爸正在病中，我們不想違逆他，自己也沉浸在鎮日的悲傷，無所自適，該是能爲老牆求情，該是能有所轉折，畢竟民國七十五年韋恩強颱三天回頭兩次的侵襲，屋後數十年的老芭樂樹，被連根請起到大馬路中，老牆依舊在。因爲老祖宗智慧的留有縫隙，因它天生的能耐，分散了強風的作用力，保全了那身爲一道牆的尊嚴。小處掉落，我們撿起再砌，再用小斧頭小小修砍嵌合，粗礪穩妥。

我有記憶以來，老古石牆圈住家，守住園，完整了所有歡喜甘甜，陪伴了日月滄桑，注解了一群孩子成長與榮耀。現在我用記憶，文字守護它，感謝它永遠的一生懸命。

（本文刊載於中國時報人間副刊2021.07.19）

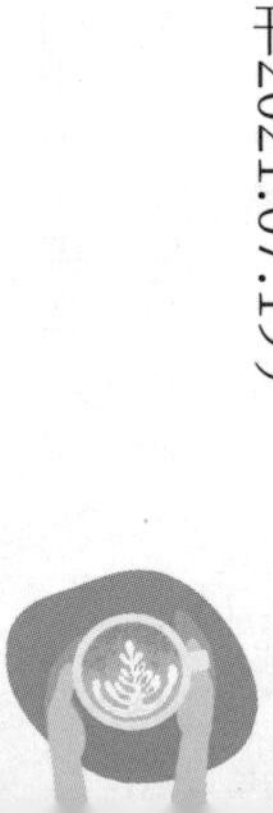

海水正藍

住在海邊，望著海，走近海。許多時候，內心是蒼茫的，灰暗無一處清朗，你從經驗中知道，那明天依然如此，聽說後天也是。遍野的枯草，東北季風長驅直入，飛沙走石。沒有羽絨衣，沒有北方人的棉襖大褂。身上有的是父親在馬公雜貨店家，論斤秤重買的鋼衣（買來的舊衣），粗粗的大毛線，愈洗越鬆，愈不保暖。

一年總有一次，我們會在三合院的二進庭院天光下，大小臉盆都泡滿肥皂水，將所有鋼衣放進，用踩踏的方式，將它們洗淨。這些鋼衣顏色都很鮮艷，可能是西方人膚色白，所偏好的顏色吧。沖洗乾淨後，倆倆合力將衣服扭轉出水。有的曬竹竿上，有的曬老古石牆上，繽紛如彩繪，陽光徹底曬淨消毒它們。那就變成了我們的新衣，永遠過大，風會灌進來，永遠暖不了我的身子。

海邊的女人們，無論是賣魚的，作農事的，撿拾貝類的。偏頭痛是共同的症狀。小時我常拿著綠油精或白花油幫媽媽推抹在額上、鬢邊、人中。

媽媽有時會睡著，我就很得意，覺得自己很厲害。有時我推得手很酸，都沒耐心了，她還是爬不起來，昏昏沉沉的。這時她會問我幾點了，要我先去洗米煮飯，等下她才去煮菜。

旅客、遊人總說：看到大海，聞著海洋的氣息，心曠神怡，無比開闊。煩惱全消，將一切的一切都拋諸腦後。

我必須坦誠，這樣的境界，於我是很少的。第一次難得如此的體驗，是在近幾年的夏日。在觀音亭左方的海堤上，那日是送別即將調回台灣本島的同事。我們一群人，躺在防波堤上。夜極靜、海靜寂，繁星閃耀如電影中的摩斯密碼。沉默是我們那日的共鳴。我不知其他人是因即將展開的離別抑或些微的酒精作祟。我則是深深的感受到天空的遼闊，我細微渺小的被天地包覆著，沒有恐懼，沒有擔憂。

側臥枕著包包時，我視野凝向海面，遠方夜釣小管的燈光，輝煌燦亮，讓我有黃大城那《漁唱》的昇平歡愉；有趙樹海《大海邊》的回甘餘韻。是心曠神怡，無比開闊，平靜的似乎沒有一切的一切，只有遺世獨立的自己。

（本文刊載於金門日報2021.04.08）

我猜 我猜

從小就愛聽鼓聲，孩子小時，我會買一支有兩條線珠綁著的手搖小鼓，叮咚響著，大人逗小孩樂，笑聲連連。

童年盼元宵節勝於過年，因可自製燈籠。將平時收藏的鳳梨或鵪鶉罐頭下方，打入一鐵釘，再將罐頭周身，用鐵釘打出幾個可透光的小洞，最上方兩對邊各打一洞。可穿繩，綁根小木棍，提著。可平衡，不怕大風吹晃。半條蠟燭在釘子上，點著它，讓它穩穩站在罐子裡。那蠟燭可不能長，別探出頭於罐上，會容易熄滅。

六點不到，呼朋引伴，全村的孩子都到廟口看乞龜。幾個識得字，會寫村人眞實名字的耆老。坐在一排排放著三斤或五斤的肪片龜前，登記著誰乞了幾斤龜幾斤椪柑。我們小孩愛看龜背上，那桃紅格狀內寫的字「闔家平安，年年如意，和氣致祥」。都是些好詞好話，那字寫得眞是美！

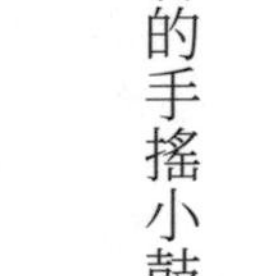

另一組更有學問的長輩們，在活動中心內忙著。將事先拉好的鐵線夾上一張張毛筆寫的謎猜。我們小孩子一張張的跟著，讀著，看著。那每張謎題左下，一旁小字寫著：射三字經一，千字文一，成語一，俚語一，本村人名二，外國名一，影片名一，台語歌一，出師表二，祭妹文二。我們看著，小小腦海中，深感學問之浩瀚，未學之無涯，中國文化之博大精深。

以前每逢元宵節，我都會連猜三晚的燈謎。從七點到十二點。那種內心的狂熱，是將所懂，所學，融會貫通，又推逼，敲出正解。享受Eureka！的靈光時刻。

若遇到有人想出比你更扣緊謎題，完全對應，「面面句到」的高手時，你會心悅誠服的崇拜。讚賞。欣羨也想有一天，跟他一樣厲害。

有些謎題已掛了一兩天，都還未被猜出，又是大獎。那就會有同好，小聲的問問切磋。問問對方，覺得自己這答案怎樣。高手會教你，先問你怎麼想的，若他覺有疏漏，也會提點你，謎底規定用什麼「格」去想，那格是甚麼意思？通常都舉實例給你聽，那大概都是他之前猜對或作過的謎題。讓你自己揣摩再三，該往哪個方向思考。有時跟他說出心中琢磨過的另一個答案時，他就會說：對。厲害，就這。快舉手搶答。

那意味著，高手是來琢磨自己功力的，看別人怎樣想，怎麼出題。這樣的博學有志之士，有馬公來的，鄰村隔莊來的。在隆冬夜裡，不畏風霜騎車前來朝聖。而且每年都來。

那此時你答對的這聲——通。是響亮透徹的更上層樓，是同好無私的傾囊相授，而你該見賢思齊的傳承。

當你穿過密密麻麻的人群，拿取謎題包覆著的獎品時，那是讚聲連連。沿途還有人跟你借謎題，問你怎麼想的。那時喜悅滿心，趾高氣昂的你，是村人對你最大的肯定與喜愛。

潭邊燈謎負責出題蒐題的幾位主辦人，是平時都很會猜謎，又能懂個中規則玄妙，網羅後輩再教導切磋。慢慢鑽研，成爲生力軍。不能推辭，大家合力輪流，因這是榮耀，是志業。小小村莊的百年燈謎是這樣傳承來的。

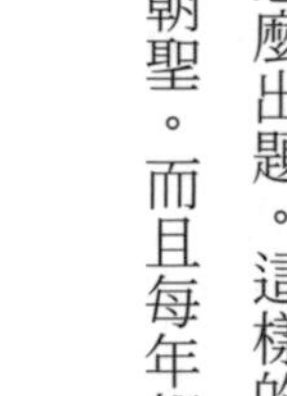

在這一年中，平時就要慢慢想題，出題，琢磨再三，考驗自己的能力與思路。忌一廂情願，謎底打謎面。舉凡時事，時人，國際大事，都可入題，增進謎題年輕優化，富涵趣味性與時代感。

我們家曾有一年拿下頭猜。那是一個立體大信封樣式的獎狀和裱框獎牌。特請澎湖最知名的，紙紮藝術家製作。獎牌上畫栩栩如生的虎，毛筆字寫著——射虎奇才。獎狀是桃紅亮金紙拼貼鑲邊，正中央寫著——蔡中郎。古意古典，藝術金燦，襯得此榮譽如澎湖之光的無比輝耀。

還記得那謎底是我們全家人一起逼出的，爸爸負責舉手答題。他說：來，給我猜一下。……這題，要猜本村人名二，是——自督，永教。接著，爸就向坐在一旁的永教叔說：叔啊，拍謝，直呼你名字。

這時，愛捉弄人，幽默風趣的潭邊燈迷主持人就說：卡大聲欸，再說一次，讓大家聽斟酌些。爸爸很緊張，再說了一次。這時還不能把名字順序說顛倒，我們心跳加速。通啦。通通通啦！一聲兩聲三聲，鼓聲越敲越響，全場歡騰。我們歡喜看著爸爸上台領獎，台下村人紛紛說：哇，不簡單。不簡單。我有在想，只逼出了一個，就是扣不齊啦。想三日了，都沒在睡。

接下來的幾天，父親就會常坐在門廊下，村裡耆老舊友，都來找他聊天泡茶。父親就再意猶未盡的說著整個過程，又如何難扣謎面的絞盡腦汁。這樣的快樂，始終如新又深刻。

後來，漸漸有許多外地人也來潭邊猜燈謎，有一陣子我們爲了鞏固頭猜寶座於自己村裡，我們都將頭猜謎底侷限爲本村人名二或三。來猜燈謎的同好，也能理解我們的用意。他們也擔心猜中頭猜要負責下一年度的燈謎執掌事宜。

有了網路手機後，潭邊燈謎期盼沿襲良好傳統，不帶書，不用手機當場拍攝，上傳謎題，請遠端智囊團找答案。我們極力呼籲每個人，公平的謹守猜燈謎的趣味。但百年燈猜似乎飄搖著，因爲村裡能猜燈謎的人，越來越老，越少。而外地人，對於這些規矩的束縛，有些言者諄諄，聽者藐藐的茫然。猜燈謎失卻了「猜」的推逼與精髓，時代的淚珠已然在眼眶打轉。

披頭散髮的木麻黃

在島嶼遊走，沿途是高聳挺拔的南洋杉，四季皆然使命必達的綠意森森，青給澎湖人看，季風下，鹽煙漫天，亦是丰姿卓然。

小時候的澎湖，尚未引進南洋杉，島嶼所有的綠樹都是木麻黃。每個村子的主要道路兩邊都有爲軍事而挖掘的戰壕，戰壕後方就是木麻黃成一直線的栽植，完全是戰地前線的景象。一年數次的演習，軍人持槍背著裝備在戰壕內幾天幾夜。遇著雨天，戰壕內泥濘積水，木麻黃如花灑的針雨，撲簌落下，軍人穿著斗篷雨衣，戴著頭盔，濕冷瑟縮的對抗著連日疲憊與惡劣天候。演習結束後，柏油路邊緣總留有戰車軋壓過的裂痕，翻出了泥土、柏油、碎石，陽光將路面曬硬了，我踩著浮凸凹陷的車轍輪痕，慢慢拐拐地延遲著上學的路程，練習著走成平均台步伐，就是不想好好走路。

不上學的日子，我躲在戰壕內扮家家酒，在鄰近塡著海沙的農地裡，找撿著各式的貝殼，有扇貝，有蛤蠣，有蚵殼，有時還可撿到斷湯匙、碎碗片。摘下木麻黃的針葉，細細抽拔成段，再倒入事先預備好的水，貝殼深處成一小窪，針葉木麻黃就變爲第一道青菜。

再採摘幾朵黃色酢醬草花，一兩朵粉紫的野薊，小心地不被刺傷，幾顆泡仔蜜剝開，有時翠綠如青豆，有時奼紫似莓果，分別浮放於蚌殼內，又做出三道菜。乾枯的木麻黃可以做出一盤炒米粉，炒米粉不能加水，就折成圈狀，靠緊蚌殼蒂處扣住，就不怕風吹走了。擺盤裝飾後，找來木麻黃梗柄當筷子，與同伴嘰嘰喳喳，認眞吃玩起來。再捧幾把沙子，埋進各自僅有的，準備今天輸贏的幾條橡皮筋，用剛才的筷子穿入沙堆中，猜拳贏的先挑，不可奧步穿梭歪扭，來贏得對方的橡皮筋。那年代的家家酒，都在野外，卻有一種家的眞實隱密與安全感，因爲有成片成林的木麻黃可遮蔽。

很久很久，我沒再想起木麻黃，忘了小時我們間的親近。書包當枕頭，戰壕當靠背，斑爛細碎的日影斜陽中，風幽幽的吹著，我自顧自的唱著歌。那曾經浪漫的家家酒宴席亦流失經年。偶然我讀到檳城雨林裡的木麻黃樹，我想起自己島嶼的樹。愧疚，思念，一股洶湧，我拿起手機，出門尋踪。後來每日的閒散，我刻意繞到它跟前，摸摸樹幹，揶揄的說：嘿！披頭散

髮的。

正因爲披頭散髮才得以作爲軍事掩護，才得以四季掩避爲一個窩藏之處，收藏天眞的我無限的祕密與遐想。

一直都知道，許多景物都無法復刻，即便再是，也失去了心裡的意義。環境生態的自然演化汰弱，讓曾經是島嶼防風林大軍的木麻黃日漸稀罕。

悄悄遺忘，靜靜變老的是我。

風起了，不必常綠，不必工整，就站成你要的樣子。因爲，記憶的占據，已無關美麗。我習慣了你傾身而來的肩影。熟悉了你頻頻低垂的牽掛。我會自己抬頭仰望你，聽著你的古老。我會坐在你放懷多情的身側，靜靜看著你向天舒展的恣意。

觸摸你被新切的剖面，我依稀聽得那一陣不由分說的鐵鋸拉扯，起初我的眼睛幾乎無法承受。但，想想我們都老到看懂肉身苦難的本相，也是一件很威的事。

千石之岸

今天要去看海。夜裡轉醒時，心中這樣想著。拉開窗簾天仍黑著，風是惦惦的靜幽。在島嶼的冬日，想與大自然親近，全憑風聲。

沿著島嶼澎南主線道，一片養蚵的海，分界出玄武岩與馬公市區。車輪蜿蜒的旋繞，離心力與抓地力完美的抗衡，一種精神上的淘氣，偏離傾斜的快意。

今天就先不到山水海邊。不知爲何，近日特別牽掛崎嶇的石岸，總想著深刻綿延聚攏而來的黑，就直行到風櫃海邊。回想自己似乎不會在如此的晴天來到風櫃，沒有潮聲，海石洞鼓風爐寧謐的彷彿不存在。矗立在風櫃洞正上方的解說地標顯得有些不明所以，我能感受到那份悻悻然。

第一次，我走進火山成岩，成爲海岸線上的一小點。遠古又充滿地質風韻的全心領略。脈絡股股分明的石群，有赭紅，有炭灰，有烏亮深沉的墨黑。海水交接處的岩面，蔓生著成片的藤壺，圓圓鼓起，飽滿，虛空，任浪花拍打，潮沫紛飛。

澎南公路，沿途幾處玄武岩柱狀節理的岩壁，將南天的一隅點綴的雄偉壯麗。到了風櫃海盡處瞬間成千石之岸，一種激情的陷落，那天地豪情，稍加梳理平緩，就放落入海，不及收束的，就擱淺漫漶吧。數萬年來，依然如此震撼耳目。

我坐的石上，岩縫有一顆仙人掌，有一片葉子枯槁了。其它都還雄赳赳的意圖讓人敬畏。我脫下口罩，海的氣息，八方奔來，是螺獅蚌殼養在水裡吐出的濕潤。腳底布鞋透來幾許冰冷，我索性打了赤腳，此刻的岩石，冰涼沁人，服貼舒心，順著浮凸，我匍匍實實的平行移動著腳掌。

記憶中的風櫃海，都是驚濤拍岸，白渤相堅持。一直以來我也都開車繞停一下，偶然覺得不甘心，太單調時，我爬上蘑菇塔遠眺遍野的盛大荒蕪，也讓澎湖季風徹底的肆虐，無理取鬧一番。那是一方地頭蛇的強壓欺人，而我欣喜的配合出演。

努力聽著節奏不明顯的鼓風爐聲響，那是古早的器物，附建於大灶左邊的長方箱形摧拉推進器，用來助長火勢，是風與火的合奏，屬於較縝密全面的配備，所以要較富有的人家才能有。記得那是大人左手拉著鼓風爐，右手揀選的添著薪柴，小孩子縮躲在灶口正前方，坐著暖暖的懷抱，看著熊熊的烈火，灶內的火總安全透亮，照得整臉紅通通熱噗噗。每當這樣的時刻，大人就會勾起灶口的生鐵小門片，關上它幾秒鐘，再掀開，火光平靜鋒藍，瞬間冷靜的慢條斯理了。

坐在海蝕風化的一方小平台，陽光將我的背曬的暖暖的，我戴起連身帽。低頭看著自己，順手拍著影子，起身走在石縫中，有些顛簸忐忑，看看遠方，波光粼粼，如夢似幻的爍爍閃耀，我想著今日冒險已足夠，就回頭是岸了。

軍愛民　民敬軍

童年時的澎湖鄉村柏油馬路兩旁，都有近半個孩童高的壕溝，裡面是草地。放學後，我會在走到村子口時，從整齊的路隊中脫隊，沿著壕溝一路跑回家。有時全村的孩子就這樣奔向各自的家門，那是一種直達車路人專用的概念，更像是戰爭場景的勝利呼喚。

每年春季時，都會有軍事演習，印象中至少都有三天，依然透著寒涼的日子裡，阿兵哥就躲藏在壕溝中，白天路面上常有戰車開過，有時柏油路兩側會被碾壞，留下筆直碎裂的坦克車痕。

記得有一年的演習，連續數夜的春雨。清晨破曉時，家中三合院屋簷下，站滿了穿著披風雨衣的軍人，大家打著哆嗦。媽媽開門見狀後，趕緊淘米生起大灶的火，旺火迅速的將米滾成白稀飯，熱氣騰騰，米粒珠圓玉潤，晶亮飽滿。爸爸搬出小桌、椅子、板凳，要請阿兵哥喝熱粥，暖暖手。但沒人敢上門前一步，眼看稀飯就快變成冷了，爸爸詢問長官是哪一位，後來在門埕小路外找到連長。父親說明我們的心意，連長先是一再推辭，說擾民又違反綱紀。爸爸努力以外省腔調的國語說，他是在警察局工作，還急中生智的跑進家門，拿出吊掛在衣櫥內，開會時必穿的灰白色中山裝和母親妝台內印著澎湖縣警察局的薪水信封袋，來證明自己，說著：軍警一家，我們不是壞人，不會毒害保衛國家的軍隊。

終於說服了連長。當下，阿兵哥用自己的鋼杯一人盛一杯，不到三分鐘，全數站在屋簷下，喝了所有的稀飯。媽媽露出了笑容，因爲她很捨不得那麼多米，萬一長官不准阿兵哥吃，那得將稀飯冰起來，全家人分幾天溫熱後慢慢吃完。

就在七點鐘，我走路上學時，又見阿兵哥們全數躲藏在泥濘積水的壕溝中，這無分晴雨的磨練鍛鍊，疲憊已到一個人能耐受的極限，我相當不忍。爸媽應該也是如我所感，才會急切地想煮稀飯，想暖和他們。

每日清晨五點半，我都會聽到鼎灣沙港營區的號角聲，我將它取名爲旭日之歌。阿兵哥練跑三千公尺時，會經過我家大馬路，他們紀律嚴謹，整齊有序，邊跑邊喊口號，唱軍歌。我自

己作息如他們，拿著課本背生字、背課文，來回走在馬路壕溝邊。看著他們操練的身影，各個都清癯黝黑。我慶幸自己是女兒身，總想著他們其實比我大不了幾歲，當兵苦悶難熬，運氣差的要三年，籤運好的兩年，漫長到我無法想像，彷彿是一輩子的青春，又是由小至今所有生命恐懼的總和。

白底紅字的「軍令如山」「精誠團結」是澎湖許多營區門口的水泥橫擋，鐫刻其上的字，明明白白，過路人無從窺探，也不敢直視，因爲衛兵荷槍。

懂事以來，我步出家門，周圍的生活就都是軍人，那些人就跟我哥哥一樣的年紀，一樣的天眞敦厚，一樣的數算日子，期許平安勿躁進的度過此生最明確的義務，最不由分說的天職。

（本文刊載於青年日報2021.05.31）

獅舞

英文課學到一個句子：To many foreigners, Taiwan is famous for its festivals.

我與學生聊起小時過年，當時是軍愛民，民敬軍的時代，全台灣的男生都要當兵二至三年。我們鄰村就是鼎灣沙港大營區，軍區士兵每年會例行的敦睦表演，各村廟方給個紅包，慰勞辛苦演出的阿兵哥們。舞龍就在每村最大的那間廟的廟埕，酬謝神明一年來庇佑大小村民，我們也向天祈願來年風調雨順，收成豐年。

看著又長又圓的龍身，黃綠色布面，銀鱗閃亮炫目，紅色波浪流蘇飾滿身側。二十幾雙腳將巨龍盤旋起伏，昂揚，又彼此縱身躍過一節又一節，迴旋捲曲簇擁，再鋪直開展。

不經意間，龍頭瞬間衝進了大殿前，村民信眾腳步雜沓，奔跑跟進廟。龍首立刻換人舉起，廟內小鼓大鼓震徹天聽。我們心口蹦跳，跟著又跪又拜，還來不及起身，龍首再次奔出廟

外，對著兩旁石獅，時前時退的舞動，磨磨蹭蹭，說說聽聽。我們趕緊由兩邊側門，再跑向廟埕。

龍頭非常重，扛著跳躍，還要踩踏舞步，非訓練有素，體力過人的阿兵哥，無法撐過三分鐘。這隆冬時節，他們無論打鼓，打鑼敲鈸的，人人都是無袖短衣寬長褲，綁上大紅腰封，一身英勇精悍的武術裝扮。毫無例外的都舞出一身淋漓，揮汗如雨。這時，廟裡的主事老大，一身寶藍長袍如古人裝束，威嚴神氣的奉上大紅包給一旁的軍官，慰勉感謝這一年一度的精彩。

緊接著，圍觀的村民們，大人有車的騎車，小孩就都用跑的，跟著另一組五人小隊，那是家戶舞獅團。村長都有事先廣播，家戶有要舞獅鬧熱謝祖的要登記，再由村長帶路。民國七十七年新年，爸爸也登記舞獅團。那年我們家兩層樓的新房子剛落成。潭邊一號是我家，爸爸非常喜愛一號這個數字，像是冠軍的占得頭籌。他又在民房指揮中心工作，負責發放演習警報。更神往那像當年許多軍事演習的代稱，「長江一號」滿是愛國神祕感，「望安一號」總是全面警戒，人車就定。我一直都記得每次演習當日，父親戴上如糾察隊的紅袖章，神氣地告訴祖母：姨啊，今日ㄟ陳水雷，汝勿湯驚著。

祖母看著帥氣的長子，總是笑，總是無限仰望與溫柔。

阿兵哥舞獅團就這樣來到我家了，全村的人蜂湧轉進家門埕，我們則是忙亂又興奮的早已等待多時。心中激動驕傲，遠遠喧天鑼鼓，節節近逼。像是澎湖人嫁娶儀式必吹響的喇叭樂隊聲，富貴聞聲而來，喜悅迎風飛揚。

舞獅團進了家門，爸爸在二樓，早早就燒香秉告祖先和家中供奉的土地公。此時鑼鈸聲先至，獅子兩兩階步直直躍上。我與母親都很害怕，躲在廂房門邊，看著神明廳洶湧澎湃，神氣沸騰，我淚水奪眶而出，滾滾汩汩，不知爲何。

獅子三兩下轉身謝天謝神，跨步蹬跳，威猛如飛。行舞三次鞠躬，獅嘴微微開闔，向一直站在神明桌旁的父親頷首，爸爸顫抖著雙手，將如喜帖大小，特製的大紅包塞進獅口。一旁斜背紅帶的軍人，可能是排長吧，他斜背一軍綠包包，我感覺那應該是在裝通訊器材或望遠鏡的，一個鼓鼓的厚度，還空蕩著。他立刻將紅包收好，向父親鞠躬，表示禮成。

隊伍又火速下樓，趕往下一個等待的家戶。一直在門口圍觀聽鞭炮鑼鈸聲的大人小孩，又

全數的往村子內回衝。往往這樣一上午的跑完全村，全身早已汗流浹背。穿西裝，皮衣的大人們都把外套脫下，我看著他們襯衫喇叭褲，微捲新燙的頭髮，覺得我們村子的男生眞是好看。

那天的風光，是記憶以來最美的潭邊一號。父親像是演習任務圓滿地，又說又笑一整天。

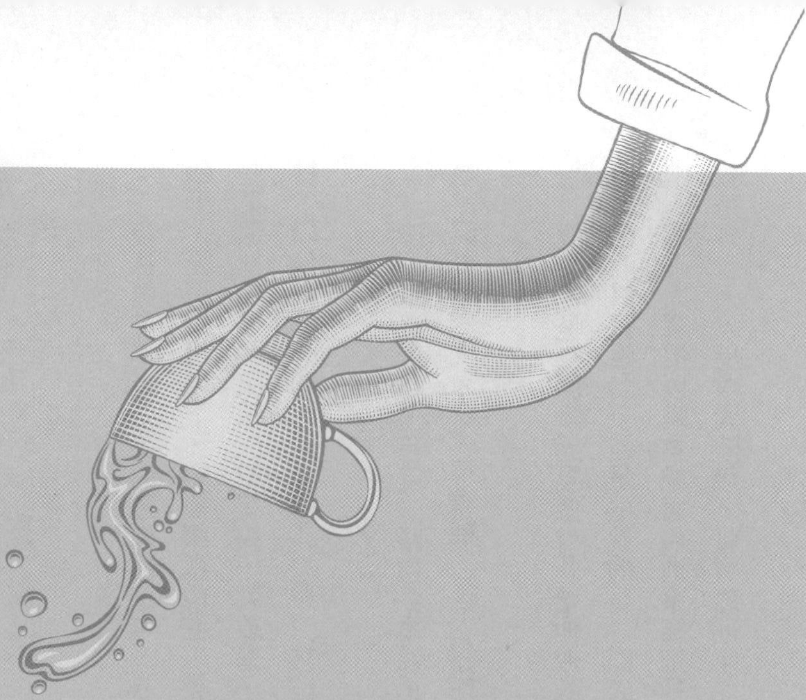

第三輯　蜜處理

放天

我曾經有一台二手的迷你腳踏車，我一直肢體很不協調的只會用身體跨過腳踏車，再踩動輪子，歪歪扭扭幾下，才能讓車前進。後來父親又買了一台淑女車，車前面有個籃子，我會採些菜園裡季節蔬菜結成的花朵，就放籃子內，很浪漫的騎著腳踏車到廟口，有時就在家門前與村子口公車站牌間，上下坡，一來一往的騎著。

沒人，沒車時，我就一路撥動車鈴，聽著鈴……鈴……清脆的聲響飛揚，追逐著西沉的夕陽。但更像是夏天賣冰棒雪糕，冬天賣饅頭，菜包肉包的那位大叔——放天。

放天，是我們附近幾個村莊給他取的名字，用台語讀音來念ㄏㄨㄥˋㄊㄧㄢ。他似乎不會說過自己的眞實姓名，還是他說的是「奉天」，一個軍事的代號。可能農忙的我們，也沒在意著吧。鄉下人習慣以職業或居住地來識別稱呼一個鄰里鄉人，如殺豬順仔，後面聘仔……。但大叔是外省人，反攻大陸後，就會離開了。他騎車穿越村子的身影，在涼暖晴冷的四時，在每天都期盼甜蜜好滋味的兒童生長搶食期，增添了無限美好的溫暖。

他，黑黑胖胖，又高又壯。手長腳長的壓著一輛腳踏車。冬季，後載裝著一個木匣子，夏天則是兩個大圓桶的冰棒。遇上有人攔下叫喚買賣時，他小心的側身下車，先拿起脖子上的毛巾擦擦汗，很講究衛生的用一角的麵粉布巾拿著包子放在我們的鍋子內。他總是不分季節的一身灰衣長褲，功夫布鞋，憨憨厚厚，不大說話。當大家說著他聽不懂的台語問他話時，他就說：山東人，老家山懂。一點紅的是肉包。卡貴。

鄉人就說：阿兵哥，錢多多，隨便賣啦。

他就笑，很認真思考的笑。

放天騎車不太注意前路。他，都在看天。一段鈴聲間隔中，他總向左後側望一下，再回過頭，似乎確定了什麼之後，才放心的拉開嗓門，用力蹬騎前行。村人傳言他在軍中有狀況提早退役。他看起來也真的一點都不老。我們喜愛看到他，西風的日子，南風的時節，冬日微光的清晨，日曬高照的炎暑。

包子，ㄇㄢ頭，ㄇㄢ頭，ㄅㄠˊ子。聲音宏亮飽滿，像他的饅頭包子餡那般，掐得扎實，皮肉Q彈。

一直到此刻，我都想不起那叫喚聲是何時消失於我的青春中。

村子裡的軍人，有來自駐守村邊海防，有一直在軍區營連，退伍後就地利之便，寄居在與他相熟的民家。念著一份老有所依，他們跟著搭伙吃住，過起一種像是家的生活。農家勞力密集，非常需要能拿粗重犁頭，挑擔走山，協助各式農耕雜事的人。他們也會拿一部分退休薪俸貼補用度，發乎情的互相照顧這個家。畢竟，當初沒接受國家的榮民安置回台灣本島，自願選擇留在這熟悉的天地鄉野，就是與我們一起日月荷鋤，做山做海。

難以逆料，那年秋海棠葉脈中的青春轉身，悄悄帶上了門，竟是一輩子了。身後事託付了我們。島嶼是歸鄉，彼岸已是來生。

八〇年代，我大學寒暑假，走進村子內，不經意走在他們曾停留聊天的巷口，沖涼洗滌的井邊。想著，大多數的我們，幾乎沒有機會聽懂他們的腔調與言語，他們也說不清楚完整的台語。但，只幾句招呼，就是軍人的豪情與氣慨。

杯杯好……。

哈，哈，小姑娘。看海去是吧。

遇見，微笑點頭，我不敢稍作停留，母親都告誡，要注意安全。對他們的防範，是記憶中莫名催促的早熟。在澎湖鄉村長大的女孩，生活中都有台灣本島來服役的年輕軍人與留在村內的榮民。這些老少軍人，都是異鄉人，是熟悉的「陌生人」。

父母親也禁止我們與年輕的軍人交往。說女生一定會吃虧。各種不幸被騙的案例，說台灣本島來的軍人——戀愛是他們無聊的消遣，我們與他們無法圓滿。

村子的人也保護嚴格的看守通報。公車上，我就是站在車門旁的一直礙著人，也不敢跟軍人並坐一起，因爲不敢穿過站滿軍人的公車走道。待公車一停靠穩妥後，就第一個衝下車，再衝過馬路，疾走著，怕一起下車的阿兵哥要和我聊天；怕回營時間還未到，他想陪著走一段路。有時，他眞的就走在木麻黃的另一側，邊走邊自我介紹，侃侃的說著自己。有時他什麼都沒說，不打擾的與我平行著。見我轉進家門，他就往回走向鼎灣營區。

當時，我怕，怕青春的自己；怕抬頭多看了他一眼。有時，我負氣的跑了起來，會聽到身後餘音落下：不追你了。別跑啊。

讀大學後，較不怕軍人。由學長們口中慢慢知道，男生對於當兵有多無奈與恐懼，軍中文化也多所聽聞。那年代的男生很少表現出自己的擔憂，勇敢的近乎不合理。

想著自己曾經有過的一些不該的意識，又當年是如此的不可一世。

成爲老師後，在課本主題或學生聊起自己母親是非本國籍，想聽聽相關議題時，我會主動談起成長中這段偏見。再說起旅遊在西方國家時，所受到的歧視。像是餐廳侍者刻意的怠慢，忽視，不只一次，也不是單一國家。走在街上，也會有男生故意以諷刺東方人英文文法差的語意，像是How many?詢問，輕薄。當下的我，常是跳過不舒服，被欺負的念頭。我聯想起，曾經有一個我也投射出這樣不公平的眼光心緒，給予承擔，保衛我安全的人。其實所有的囿限與

不得體，都只與自己有關。

「當你習慣世界只有一個樣子的時候，你將無路可逃。」～茱蒂．皮考特。

讀著這句話，關照了總難如願的人生常態；按捺了急於辯駁的我執當下。

保叔

保叔是台南玉井人。當兵時來到村子，站衛兵戍守崗哨時，常見纖細的滿姨與母親一同餵豬，非常心儀。滿姨母親，生了八個女兒，便探問保叔可否服完兵役後，當她女婿，保叔回應，要退役後回台南問過母親。就在一年後，他依約前來，從此生根落地一甲子。

保叔有原住民碩壯的體魄又擅長許多農事工法，犁田，疊草堆，做老古石牆。但他最厲害的獨家本領是抓蛇。

我家祖屋在這塊高地，我們住了近百年，或許是四周都田野雜草，每年春暖初夏時，鐵皮屋搭成的南勢巷內，就會躲著蛇。一天，阿尼在洗衣機下發現一條蛇，她拔腿飛奔至屋內，告訴媽媽，母親立刻撥著電話，幾分鐘後，那改良式的三輪車，隨即出現在家門口。

保叔肩上斜立著扁擔，熟門熟路地往洗衣機方向走。他戳著洗衣機下我們墊高的縫隙。幾下後，那像手臂般粗，黑褐色的蛇，忽然竄出。保叔將竹竿立起，戳堵牠，牠順著竿一溜煙的倏忽直下。保叔反應不及，大蛇旋即攀上鐵皮屋樑。保叔過他的左腳，將他的褲子咬出幾個深淺不一的洞。攻擊挑釁一波後，蛇竄一下，不見蹤影。保叔被蛇強大力道摜倒，跌坐在地。蛇溜叔的褲角下緣處，蛇的唾液如蜘蛛網蔓延牽引開來。

阿尼躲在屋內窗口，看著這一幕，淚流滿面。平時她連我們海裡抓回的鰻魚都不敢看。因爲印尼家鄉山上高腳屋，常有村人被蛇咬死。母親移動不便的仍坐在陷入的老沙發上，心臟怦怦，冷汗直冒，口中念著各路神明，此刻一定要同心協力，前來搭救，助弟子阿保一臂之力。聽到阿尼哭聲，還有保叔急促的喘息聲。媽媽一直問阿尼，咬到阿伯哪裡？阿尼比著自己的左腳，只見保叔奮力的爬起，踉蹌進門。說著：老了，沒路用了。給牠溜溜走，是一條大尾錦蛇。

接著，將左小腿旋轉一下，拿起下半截，順手斜靠在大門。藤椅上，剩下巍峨的上半身，和一隻半的腳。阿尼拿水來，保叔張口喝得急，露出金牙，咕嚕的暢快喝了，阿尼再裝滿一杯。

幾年前清晨賣菜途中車禍，保叔自此裝了義肢。一直嫌不好用，膝蓋萎縮後，也常有縫隙接合不良的問題。這幾年，他性子不那麼烈了，就拖著腿瘸走著，倒也踏實美觀了些。

我小時候，保叔只要抓到蛇，電線桿上的廣播器會傳來：村辦公處報告，村辦公處報告，目前一鄰三號，有抓到一尾溜（鄉下人對蛇充滿敬畏，不能直呼「蛇」）。若有生瘡爛痘的大人小孩，自備著你的大碗公到三號門埕。有清血解毒的蛇湯去尢喝，夠再報告一遍……。麥克風聲音再次落下時，保叔家已是鬧哄哄的村人圍著大鍋，等著蛇湯滾好。他則坐一旁納涼，指揮吆喝著大家別急，前面盛的一人一塊肉就好，留些給別人。保叔臉上流露出滿足的笑意。蛇湯是補品，鄉下人紛紛爭搶一杯羹。

鹽煙漫天的十一月，島上風吹得蕭瑟寒涼，一向大嗓門的保叔，寂靜地沉睡夢中。我想，他是想家了，回到那滿是芒果樹的山坡上，陪伴他離鄉太早，太老的芒果樹。

每星期回家探望母親，我常特意走進南勢巷。摸著被陽光曬得有些溫暖的洗衣機。一點心驚的忌憚著，總覺有蛇躲著，正窺視我的腳。耳畔又忽然響起幾聲吹氣聲，村辦公處又廣播了。好像是在賣魚鮮，嗡嗡作響的，我聽不清是在賣哪一種魚，只覺眼睛發燙，惦念起大嗓門的保叔。

賣雜細的來了

時常在黃昏的鄰家牆外，瀰漫著淡淡的皂香。這是小時候熟悉的味道，是一天農忙完事後，井邊曬月光，冰涼冷冽澆熄了一日的躁動塵埃，愜意爽暢，一日勞動後的報償。

高中時期，到眷村讓同學媽媽剪髮。巷弄阡陌，總有這樣的香氣由空心磚瓦砌成的浴室窗，由小小的排水溝孔，汩汩流出。宣告長日將盡，回家晚餐。澎湖海魚特有的乾煎鹹香，穿越了深巷，收買了兼程趕路歸人的心念，壟斷了孩童富饒的玩興，給予村子最暖的日常註解。

在我成長的童年，有位老先生，經年穿著敞開的卡其上衣，戴著一頂safari的塑膠材質硬殼帽。他騎著一輛超大尺寸的腳踏車，後方滿滿的疊上兩層高木匣。流動如騎兵於湖西鄉各村里間。承載的是那年代所有的香味與美麗細軟。

有祖母專用木質香髮油，有扁形檀木香的鬢梳。還有如黑綢編織成的髮網。也有媽媽需要

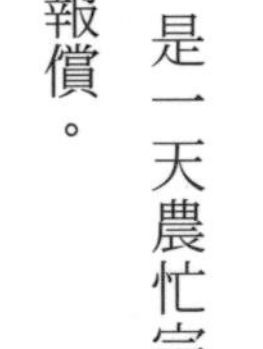

的裁縫車用，大小粗細不同號碼的針。各式紗線，裙釦鐵紐。替換一家人腰褲的粗版白色鬆緊帶。農家麻袋縫口用的布袋針。整排的鬢夾，以及學生帽替換的紅黑相間彈性帶。鍍金成對的鐵製髮夾，上頭有蝴蝶，蘋果，草莓各式花樣。仕女愛用的粉藍，粉紅紗布巾手帕，鑲著同色系的滾邊。

最大宗最具分量的是香皂，瑪莉香皂，美琪藥皂，白蘭香皂。另有高級透明如水晶的蜜斯佛陀蜂蜜香皂，有翡翠綠，有水晶紫。偶爾，適逢父親領薪水，我們家有餘錢。我會央求母親買得一塊，只能是特殊場合洗臉專用的蜂蜜香皂。賣雜細的老先生確認再三的拆開三塊一束原裝的封套。拿出透亮的，就像琥珀蜜蠟的皂身，我始終覺得，那皂身像是包覆了千百年的螽斯。幾顆小小泡泡結晶，是昆蟲具體而微，屬於永恆的穿望與嘆息。在場的村人都被這香味所魅惑，霎那間，逾越了貧富，迷幻如新生。老先生慢條斯理的封存剩下的另兩塊，緊束著不讓濃香流失。

媽媽結帳後，速速收起今日所買的細軟。蜂蜜香皂當然是等著要給人宴請時，才得以使用。澎湖乾澀生硬的水質，打溼臉後，輕輕抹一點皂沫，洗淨後，再對著小立鏡，抹上一層薄薄的百雀羚面霜。這樣的香味油嫩，不限男女。是那年代經典的體面簡約。

賣雜細的木匣裡，還有我們家衆多女孩一定要買的耐斯和脫普洗髮粉。平時我們用香皂洗頭，但是，我們都不喜愛，我們喜歡用洗髮粉，濃馥凝香又不澀。那包裝上整頭黑色髮流，是一種飛揚的自由與新潮。輕輕將它撕開一缺口，倒出三分之一的粉末，融化於掌心中，是夢幻泡泡，是顆顆元氣淋漓的青春光圈，直到現在我還會特地買來，偶爾用著，懷想等待著粉末幻化爲雲朵。再沖過三千煩惱絲，清涼沁透。

賣雜細老先生的肩影，是瘦小黝黑精實。他那像是二戰後的叢林裝束，在我閱讀的老頑童畫家劉奇偉先生的身上有著同樣的穿著。又似電影《遠離非洲》那些野營帳篷旁，木屋廊下，屬於晴天浩瀚的非洲草原，卻無法相守於女主角梅莉史翠普身畔的英倫情人。

我們都不知道賣雜細的老先生從哪兒來？騎了多遠的路？但在當年各式的叫賣中，他是唯一會讓我們賒帳的商人。那一次又一次環繞木匣的踮腳探看。他明知道你買不起，卻不吝於拿出各式物品，讓你讚嘆，感受，見識一番。不因年幼而嚴厲於你，不因木匣裝卸品項繁瑣，層

疊挪移而不理會你的好奇。日後，我每次到百貨公司，站上手扶梯時，都有著近似的喜悅與幸福。

母親總會提醒我們，幫忙將老先生掛在胸前那坑坑凹凸，歷史悠久的白鐵水壺，盛滿白開水，在他一轉入我家門門埕時，以免臨別時匆匆相忘。

每當我聽聞車鈴聲響起——賣雜細……薩梅，齒敏，面巾，洗頭毛粉……。我總載欣載奔，雀躍相迎。

注：雜細，台語發音，意為細小生活日用品。

比遙遠更遙遠

鯖魚罐頭曾是許多人兒時的美味。冬天的日子，沒什麼海魚，我們會開兩罐鯖魚罐，切上許多自家菜園的蔥段，先將蔥爆香，再倒入鯖魚罐，翻炒兩下。再加一點水，讓茄汁稀釋也變得更有分量。這樣一大盤，一人挖一湯匙鯖魚汁拌白飯。紅紅微酸的滋味，軟化的魚骨香酥。我長大後，仍相當鍾情。

初執教到七美國中，我們十三位老師，合聘夏太太幫我們做晚餐。冬日風浪大，有時數日交通船都停航，補給的食物也告急。夏太太就會做這道茄汁鯖魚炒蔥。台灣本島來的老師，覺得很新奇。他們將鯖魚吃完，卻不知最道地的吃法是魚汁拌飯。

記得有次颱風天，兩天都停班停課，夏太太也不必來做飯。整個七美貨物集散地的南港村市場，一片空蕩荒涼。我把學校辦公室冰箱的花菜乾和高麗菜乾拿出，抓幾片用舌尖輕嚐看有無變質，感覺還清香。就拿出小罐裝的辣味肉醬，煮上一鍋清水燙好白麵條，兩種菜乾各抓一

把，過水淘淨塵沙，放入湯麵中，不必任何調味，鹹度剛好。

訓導主任在辦公廳聞著香味，故意不用電話對講機一一通知男女寢室的老師們。他頑皮的拿起大聲公，沿著走廊像報馬仔的廣播，請宿舍同仁們拿出自己平時吃泡麵的大碗公和筷子，到辦公廳吃午餐。大家穿著拖鞋體育褲，蜂湧而出，怎有這等好康啊。紅紅肉醬湯，清甜菜葉爽脆，白呼呼熱騰騰。大家拉著籐椅圍坐辦公室，有的站在走廊前端著吃，有的靠著窗框的內呼外應，其樂融融。

記得那是十月初秋，我們剛開學一個月，彼此只限於教書公務上的熟悉。那一餐，有家的溫暖。我們說著彼此從何而來。那日，大家比的是遙遠。說的是，一直在私校，中年拋家，考上正式教師的喜悅。校長由基隆來，那年他已五十出頭。隔年我調走時，他還繼續著「留美」的日子。離島的離島，國境之北來到我南方盡處，我們像是胡馬越鳥，將人生過渡到另一種如寄。起初的蓄意漂泊與勇敢，今日想來，太勇敢。

資訊科技不發達的八〇年代，偏鄉居民長年看海，漂浮於一座島上，酒香給了男人幾句言語與相思不苦的膽量。校長需時常與居民爲善，入境隨俗。大家也熱絡，眞心喜愛這敦實的一介書生。他也總勉力應對著。當年的星期六上午仍非國定假日，一個星期要上班五天半。校長由七美回基隆，先搭飛機或船到馬公，再搭飛機到台北，再搭客運回基隆。回程也是同樣的輾轉再波折一次。一天，校長告訴我們，他每次回家扣掉睡眠時間，待不到十二小時。但，還是回家踏實些。

三年後，我聽說校長可以調動了。他調回台北縣的一個海邊學校。不久後，偶遇七美同事，她說校長生病，走得忽然。

我想起，第一次教書，開學前一天，在校長室隔壁的校史室，等待接受校長訓勉。我很緊張的站著，看著掛上歷任校長玉照的灰白牆壁，敬佩又凝望深深。我們都不會忘記第一天當學生，第一個教我們的老師。我也時常想起我的第一位校長，我第一所任教的國中。

月台

喜愛看著火車，停留在中空穿透的月台上，短暫交會，又各自奔赴。夜色中，燈火通明的火車站，更顯晃亮於城市座標中。

沉穩的灰鋁車頭，掛著數節車廂，像是信封上沒被撕開的一列齊整的郵票，著力平均的蓋上了墨黑的郵戳，鏗鏘應允了一個遙遠彼岸，一個相思渡口，那牽掛的門廊。

第一次看到眞正的火車頭，是八〇年代，在文化中心園區，當時爲豐富館藏，從台灣本島運來一個漆黑油亮的古老蒸氣火車頭，靜置於園區低窪處，對於沒有鐵軌與火車的澎湖人，有種橫空出世的莫名。縣民老少駐足，看著純粹的火車頭，像是地景藝術，腦海裡補綴了ㄘㄘ的蒸氣與高亢的鳴笛聲。

我常將鐵軌想像成是倒掛的天梯，可隨花火燃放直達漂浮夢想的太空。

火車便當，是坐火車最期待的。只有長程火車才有賣便當。我曾天眞的以爲只要上了火車，就可買便當吃，總想旅途趕車多勞頓，沒想過對於台灣本島的人，那是一種極爲普遍的交通工具。

薄薄竹片圍做成的外盒，每顆米飯晶白潤亮，邊角處總沾滿綠竹清新香，扎實的角落，筷子如圓鍬般一鏟鏟的挖掘，沉甸甸的便當，慢慢的輕了。剩下一片醃染得鮮黃的白蘿蔔，與最後一口飯同時放入口中，鹹甜滋味是味蕾滿足的完食了。

第一次坐火車，是剛上大學時，一小時的台北淡水車程。出了雙連，老老舊舊的台北就慢慢退開了。緊接著是耳目一新的圓山。其實澎湖人從飛機窗口往下看，最先遇見的台北地標，就是滿眼蒼翠，帝王黃紅的宮廷式圓山飯店。機窗俯瞰，就是京城到了，劉姥姥來了。伴隨空服員的：我們卽將降落在台北松山機場，請在安全帶指示燈未熄滅前……。

淡水線火車車廂內，是兩面靠窗對坐的位置，中間空盪著走道。那年代的我們，不敢與人面對直視而坐，都只能望著窗外，讀著站牌，雙連圓山士林石牌北投忠義關渡竹圍，每一個地名都像一場古典曲折的戲，像是關山強渡。支著頭，看窗外，靠在車窗的臉頰手臂，都乘風飛舞了一回。是一幕有景深又鑲了邊框的畫。詩人卞之琳在《斷章》中的詩句是——

你在橋上看風景
看風景的人在樓上看你
明月裝飾了你的窗子
你裝飾了別人的夢

澎湖人對火車的思慕，似乎是緣於那含銜火車進站的月台，來自鐵軌枕木的平行伸展。月台上的天，有流動的風。我專注的還有另一邊月台上，對向佇立的旅人。總認真於那短暫的遙望，剛好足夠的將那個身影收藏，稍縱相遇，錯身霎那，符合美麗，不必追尋的了然。一眼便是。多了，怕就是老了。

我的島嶼沒有鳴笛嗚嗚，只有如低音喇叭的大船離港，吼吼呼呼。

航行的午后，渾厚激情，響徹嶼心，穿透長岸。這時，島嶼內海對岸的我，總會起身，望向馬公的方向，祖母會說：三點半啊。大船袂離港。一日又夠過啊。一輩子看著日頭，揣想時間的祖母，沒坐過火車，輪船。但，她坐過飛機，在年老時，病了，叔叔帶她到高雄看醫生，沿途上下飛機計程車的接駁，都背著她。再將她帶回島嶼。

她沒帶過手錶，我喜歡她問我：風啊，幾點啊？

我會笑她，不會讀時間，看時鐘。祖母的日昇月落，天高地厚，全憑月亮朔望，日頭偏移。

長堤，是澎湖人的月台。

海浪，是綿延的鐵軌。

輪船是火車。幾節又幾節的數算——是船速；是火車身量。是遠行與守候的汽笛，同聲寄情於千載白雲，悠悠長空。

外婆的澎湖灣

「我住長江頭，君住長江尾。」父親與母親是同村人，也是小學同學。但父親住村頭一號，母親在村底，臨海邊，隔著內海對岸就是馬公。另一方向看去的大海盡處，是西嶼跨海大橋。

母親少女時期在高雄港都學過裁縫，她燙著美美的捲髮。我們小時都穿母親拆改或新做的衣服。我去淡水讀大學時，母親做了兩套睡衣，樣式花色都一樣，給我帶去宿舍穿涼。荷葉邊小蓋袖，紫色「蜜如他嗎」（日語發音，圓點點），下半身是「寒入夢」（日語發音，短褲）。看著清爽，越洗越柔軟，我一直穿到結婚後。

我外公是鄉里小有名氣的拳頭師傅。他自小就習武。印象中他沒有穿過夏衣，都打赤膊。冬天只一國民領薄長衫，也只有搭車去馬公時才穿著。一年四季餐餐必喝著自己浸泡的藥酒。外公一輩子的職業是幫人喬骨，鄰近鄉里有跌打損傷的，都找他。喬好後，按心意給個紅包。

我三姐國中時上體育課從跳箱摔下，我們倆傍晚放學回家後，哭著跑去找外公。他摸了摸突出的手肘，運個氣，哼一聲，趁三姐不注意，喀嚓一下，再上點祕方調製的消腫油膏，由竹竿上，抽下一條柔韌的麵粉袋方巾，斜包吊著，便好。

小時媽媽帶我回外婆家，沿路我有害怕也有期待。害怕的是外婆眼睛瞎了。她從沒「見」過我，總是伸手摸著我的五官，看我長怎樣。我也乖乖挺直的坐在幽暗，日式打板的木床緣，將臉湊近，迎靠她揮舞的右手。我看著她緊閉著的雙眼，眼瞼不動，滿臉蒼白的皺紋。我就學她，閉上眼睛，讓她摸著我的眼窩，順著鼻樑，臉頰，她會邊問著我的膚色是白還是黑。我說很白，但臉上有雀斑。她笑了，說那是遺傳到外公。

在外婆房內，我會將原本都關閉的老窗推移到水泥條上，讓光都照進來，讓風也吹過來。一方面是外婆要我幫她將所有的針都穿好線，又要我兩股線拉平均，但不可打結。外婆說：幫人打結，ㄟ顧人怨。

現在想來是她的人生自我警惕——不添堵，不綑綁他人，才不會招來怨懟。

另一個開窗的原因是外婆的尿壺就在床下邊角，我想讓空氣更流通清新。外婆總疼我，她不會讓我幫她到過尿壺，都說讓媽媽或舅媽來做，所以我母親回娘家第一件事，是幫她媽媽把環境弄乾淨。對照年輕時我回娘家第一件事，就掀開飯菜籠，看媽媽煮了什麼好吃的魚，眞是女兒賊。

穿針引線後，將針插上圓布包掛好。外婆就翻開層層衣服，找到襯衣裡的一元或五角，那時各有這兩種面額的紙鈔。她都捲得很好，塞在自己縫的左右兩邊口袋裡。她要我拿一張，大多時都是橘黃色的五角。我拿完後，她要我再幫她數各剩幾張，她自己再數一次，再按左右邊放回。她說，有時她換衣洗澡，錢就會短少，她嘆了口氣，說這些都是大舅給她的私房錢，要她差遣孫子們幫忙後，應表現出的長者仁慈與尊嚴，才能不委曲，不受氣，不感慨。

媽媽說外婆四十多歲時得了青光眼，沒給醫治，就這樣摸著，活到了九十高壽。她的大半生，都在家中移動。冬天她愛剝花生，撿選大小顆花生仁，動動手較不冷。夏天陽光和煦的日子，她喜愛曬曬太陽。而我也注意到這屋內，幾乎空曠開闊到無物，便利著她大半輩子的扶壁，摸摸靠靠。

北勢巷口，迎面是大海的氣息，風吹著，外婆閉目的臉龐，稍稍仰起，嗅聞著泥土的青草香，海風的生鹹味。偶爾，風沙打得她滿臉，梭溜進衣領，她拍拍，發出笑聲。鄰居會跟她聊聊，恭敬的叫喚她：安姆。

也會拿些煮好的螺螄送給她挑，這是她的最愛，她可慢慢的一整天，雙手起起落落一個圓竹簸內，整天都有事做。

外婆自己抹油梳攏髮髻，俐落光潔。我感覺到那個有序，又規矩的世界。年幼時，我無法想像，也不曾見過失明的人。我想該是像一口井那樣靜默，那樣深暗，那樣不可往下探頭。因爲一不小心，會被驚嚇，被推，被吞噬。

讀大學赴台前，外婆已隨著大舅搬家住在馬公。我去向她辭行道別，她拉起更多層的衣服，要我拿一張千元大鈔。我推辭著，因爲覺得自己長大了，不能再拿外婆的錢了。也想著此去，要半年才能再回來，不知能否再得見。但，最終還是拗不過她。那一千元，我始終沒將它攤平，照著外婆捲好的樣子，收進一個小珠包，帶到淡江，好久，好久，才用了它。

外婆過世時，是炎熱的九月。我懷著女兒，即將臨盆，初為人母，卻沒有太多喜悅，總擔心孩子是否健全……。母親說她跟外婆稟告了，我不能去送別她。我點點頭的滿臉是淚，也忘了那天自己是怎麼過的。

許多年後，在一場告別式上，我看到孕婦是可以用一條紅布巾圍綁在肚子上，仍可出席喪禮。那天，我不自覺的在座位上跟著司儀口令，偷偷輕輕的點頭。

我的外婆由東石村嫁到最美的潭邊海岸。她四季黑長衫的聽海，聽風，聽人。深邃如黑潭，靜定如石像。時常不自覺的習慣性點著頭。我細究，她似乎是想隨著大廳的鐘擺，跟緊一個節奏，讓一顆心可有安穩憑藉。但，看得更久之後，我感覺那更像是一次次的首肯，一句句的聽命，回應那地久天長的永夜滴答。

父親的高跟鞋

去年鄰居把四十年舊房子改裝成民宿。一日傍晚，我由房內向外看著陸續清出的各式衣櫥，桌椅，供桌，塌陷的抽屜等雜物，堆得滿坑滿谷。在另一個角落裡，我看到了一台裁縫車。車台裂開，也沒了縫紉機，只剩車身。我立刻下樓，敲著鄰家紅木門，男主人不在，他兒子要我等一下。我就站在自家門前，想著接下來，該如何說？又自己如何拆解這車台？終於等到男主人，我說能否把裁縫車台賣給我，他說這是他母親的，他很捨不得。可以送我。也是適得其所。我連忙道謝，請來一旁時常與我一起等著垃圾車的學生，我們兩人就合力抬著車台過馬路到我家。眾多人圍觀，我覺得很不好意思，應該是有些擔心別人眼中那，一些拾荒的瘋狂。

傳訊請澎湖古物維護協會好友，又拆又打的將整個腐朽的車台卸除，留下兩個抽屜，還有一個輪軸連著踏板。就這樣勉強可斜靠在牆角。二哥幫我釘了一個工字形的框架，讓它可站立，我自己學著上些馬辛油（machine潤滑油）。像個巧手的技工，邊踩邊順著沾，也將所有

的鐵鏽也都擦拭乾淨。馬辛油的味道聞起來，像父親。我聽到漆漆嚓嚓的輪動聲，就知道保養好了。

2013年我到英國諾丁丘參觀休葛蘭主演《Noting Hill新娘百分百》的電影場景～一間藍色窄門的小書店。高緯度的北國初秋，天暗得快。一個人晃悠的走著，見到櫥窗旁，一間位在地下室的古老牛仔褲工廠，裡面陳列著幾百台正在運作的勝家縫紉機。各個系列，不同時期都有的壯觀著。我驚喜又歎爲觀止。那像是一盤屬於我的片盤膠卷，深深懷想與眷戀被即時播映著。但，我其實根本不會踩裁縫車。

國中時期，家政老師要我們做一條抹布，在學校做整潔工作用。當時家戶都只能用小孩子穿不下的舊衣服來車一條抹布。爸爸棉質的舊內衣都破好幾個洞。我小時候的衣服，能符合尺寸方正的布料都太小，要裁合時都會遇到鈕扣或是衣袖接合處，無法規矩正方。繁瑣拼接，更非一般國中生可處理，到馬公買布料來當抹布，個中邏輯不是台灣本島來的老師能想像的。又我們鄉下小孩子是不能碰裁縫車的。大家都請媽媽做，但我媽媽每晚每天都很忙。父親見我著急，就幫我做了。因爲他擔心我把裁縫車針弄壞，或絞線、斷線了，還要穿針又不好修。隔天，當老師讚美我的抹布，不只是雙層耐用，還四個角落美美的延伸交叉成葉片形狀，眞是用心。當下，我很心虛，更擔心老師要我當場示範。

聽裁縫車的漆漆嚓嚓聲，赤著腳，踏在冰涼鏤空的踏板上。前前後後的踩著，那是夏夜晚風中，媽媽去照海抓魚，父親熟練的左左右右，雙手在車台上來回，爲著女兒的家政作業忙碌著。

我父親是一個很體貼的O型男人，他會幫我媽媽把新買的皮鞋穿大一點，又一點。我媽生得一雙大腳丫（我遺傳到她），當時沒有大尺碼的鞋子，每當媽媽自己買布，裁作了新洋裝，卻苦無可穿得舒適的皮鞋可搭配。爸爸會到馬公知名的遠東皮鞋店或新美光鞋行，買下最大的女生跟鞋（那時的平底鞋，大都是繡花鞋），然後晚上我們在看電視時，爸爸就會穿著幫媽媽新買的鞋。媽媽就笑著說：難得讓你服務一下。

那是曾家客廳，專屬獨特溫馨的畫面。不知情的人，一定以爲爸爸有變裝癖。白熾日光燈下，一個挺拔的男子，踢躂，認眞的穿著女人的高跟鞋，奮力的，幫那平時只穿著膠鞋，上山下海走遍澎湖山的妻子，將她的鞋，楦得更寬、楦得更大，客廳裡一趟來一趟去。我們雖習慣父親這樣的新鞋儀式，也笑聲不斷。但總意味深長地看著母親，心想，幸好奶奶不在。日後，每當我穿新鞋咬腳著，這個不給妻子小鞋穿的，溫柔如瓦的男人，總浮現在我心底。

一包紅金含

小時傍晚我常跑到村門口車站，等母親坐公車回來。那通常是冬日接近過年時，媽媽會到馬公各個眷村，幫太太們挽面。

挽面是將一塊白粉，塗在太太們臉上，再用細綿線繞成一個活絡的角度，施力在臉上，就能將臉部的粗毛孔或細毛，整理乾淨。挽過臉，再幫客人擦上薄薄的百雀羚面霜，讓皮膚收斂吸收，就完成了。

舊年代，女子結婚前，過年時，都要挽面，象徵改頭換面，由新開始。媽媽每年在忙完後，無論多晚，也會堅持著對鏡，幫自己挽面。

挽一次面所需時間大約是二十分鐘。媽媽就一整天的在眷村兜來繞去，總在門口喊：太太，要挽面嗎？

就這樣街坊巷弄，都知曾太來要挽面了。大家出院子相約排定時間，回頭再進去燒菜做飯。恰逢中飯時間，眷村太太們會拿個饅頭或槓子頭，一大杯開水，給媽媽歇手時當午餐。道地的北方麥香，扎實的口感，對半掰開，先吃一半，另一半用手帕包著，等下午餓了再吃。

挽一次面是十元，幾年後就是十五元了。小孩上學，先生在部隊，太太們可聊天說笑串門子，媽媽走進各個紅色木門，掙錢又開闊眼界。太太們大多是外省或台灣本島來的。媽媽會說國語，因爸爸在警局工作，都用國語洽公，所以，媽媽會請教爸爸國語。自然她生意就比其他競爭對手好多了。

眷村太太們有許多才三十出頭，年輕大方，較鬆手。有時，媽媽多賺了小費，特別開心。傍晚，她由金龍頭走到馬公商街，就會買紅糖果，寸金棗，糕仔粒，透明厚厚的袋裝，顏色飽滿鮮豔，每一袋都很氣派。紅糖果有裹著白砂糖的，另一種是沒裹糖，那樣，就會做的更大顆，更圓潤。我含在嘴內，左右推來趕去，自己拍拍臉頰，滿是甜滋滋，舌頭也興奮的染成了紅色。

我會跑去車站等媽媽，大部分原因是爲了紅糖果。紅糖果可先開起來吃，不像寸金棗，糕仔粒，會受潮變質，一定要等到初一拜天公才可開啟。由車站走回家的沿路，聽媽媽說著今天的生意景況。李家那隻大狼犬，還是作勢要咬她。劉太太給她介紹幾個在馬公國中附近，澎湖二村的太太，讓她過兩天去跟她們挽面。母親高亢的語調說得喘，我順勢揹起她那沉甸甸的包包，大步的走回家。

我結婚前一晚，媽媽說要幫我挽面，我說我有去做臉保養了。她說習俗上就一定要挽面。我拿來兩塊板凳，母女倆坐在大廳燈下。母親嘴上咬著線，熟稔地左手收拉著線的一頭，右手拇指食指反轉著線，撐成一片蛋糕狀的三角形，右線一撐，左線一收，銳角開合的一次一次絞上我的臉。由我額頭，鬢邊，臉頰，鼻翼，最後是唇上的美人鬍，媽媽左右看看我的臉，確認都仔細了，再用刀片修眉，就是完整的挽面工序。

雖然媽媽已多年未幫人挽面，卻依然細膩純熟，彷彿是天生好手。我看著她懸吊著手臂，每張臉是上百次的手指開合，那一刻鐘的慈母手中線，是我平生唯一的一次挽面。我摸著自己的臉，讚美的說著，眞的有變白細了，好神奇。

母親又說起挽面往事，但說的卻是我不會聽過的。她說自己有時趕公車到馬公，沒帶午餐，家裡也沒乾糧可帶，眷村沒有雜貨店，她就餓肚子，到下午肚子咕嚕叫，她跟客人對坐，很不好意思。有一次一個太太還說她這一手功夫是不用本錢的生意，就也沒給足錢的說，明年再多給，轉頭就忙去了。她只好默默收拾包包的自己離開。

我想著，母親這一生真是不容易！那一輩人都太委曲，太苦了。哪個「愛面子」的女人會想欠人幾塊錢，欺負人。

注：「金含」為澎湖台語糖果之意。

老師 我打岔一下

父親與母親在六十出頭時，受到學區國中校長的鼓舞，兩人決定每晚相偕，到國中進修夜校課程。因爲他們倆人讀的都是日治時代的書本，據母親的說法是都在躲空襲，所以實際上就沒學到太多。

爸爸還有小學畢業證書，媽媽只讀到五年級。有一天，志清國中校長問我能否暫時教夜校學生，大約兩個月，因爲原來的那位老師生病請假，又夜間是休息時間，大家也不願到鄉下來教課。我想了一下，告訴校長，這樣我會教到自己的爸媽，不知是否合適？校長答覆：完全沒困擾，謝謝你的幫忙。老師您也不必在意期中考成績打法。

第一天上課，那年他們是國二上，父親很喜悅，在位子上難掩神氣，八個同學，就屬他最抬頭挺胸，全程專注。母親在座位噘著嘴，向父親的方向使眼色又搖頭微笑，我也跟著笑。自我介紹後，就開始我今晚課程。

寫二十六個字母在黑板上，大寫小寫互相對應。我沒有預設任何的起始點或教學目標，就是欣賞這幾位叔伯姨嬸們的精神「活到老學到老」。澎湖的冬季，風總是驚人的狂，他們卻摩托車奔馳來去的熱情可嘉。

課堂開始，我要求他們畫四條直線在自己的筆記上，學字母的正確位置。大家就邊畫邊聊天，問我大寫和小寫哪一種比較好學。不待我給答案，他們又關心地詢問著高麗菜，花椰菜，大頭菜好不好賣，能否請誰寄賣幾顆，實在是吃不完，都開花迸裂了，甚是可惜。又問沙港村的阿盡姨，漁市場的小石斑魚價格？再問我們村的祖長叔，黑蓋番茄現價多少？

教室角落，獨自離群坐著，偶爾出去抽煙，再進來的是，最年輕的山叔，他的職業是乩童。他靜靜的畫著線條，主動將會寫，還記得的英文字母都填上了。

我敬畏巡靠他身旁，腦海浮現小時廟會陣頭上，他踩站太子爺神轎前緣，口中含著米酒噴向四方空氣中，滿背鮮血的用鐵刺球拼命錘鍊著自己。村裡老大們怕他肉身難擋，都喊停……停，好啊……好啊……緩落……緩落。大家抓著他，卻按不住他，他還是一直抖動不已……。

我眼角泛淚，不全是害怕，還有一種像是生命的迷離。

巡走一回後，他們眞是厲害，不但問完所有的訊息，線條都美美的畫滿一整頁，而且還不需用尺。接著我帶讀，還沒唸時，他們就唸起童謠——ABC，狗咬豬，橄欖子，發牙齒。

我只好笑著由D開始唸下去了，整個晚上近三小時，我按筆畫順序一筆一筆的寫著，也猛想著注音，請他們抄下，當作提示。又想著每個字母，台語可念成的類似音，因爲有一大半人沒學過國語注音。課間鐘聲休息時，各式不斷的笑話插曲，緊湊接續，我忍俊不住，邊寫黑板邊笑。又有人說，老師，你來看我畫這樣，對不對。

一個星期後的禮拜二，我又準時六點二十開車到校等候學生。只見父親在教室走廊等我，我速速將車停好，問他：阿母勒?他說：她腰酸背痛，無法坐三小時的硬板凳，不來了。

父親笑得燦爛，因爲媽媽不懂他的幽默，說他都在扮小丑逗大家笑。有媽媽在，他很有壓力。

父親說他擔心我一個人在校園等學生來，會有危險。閒著沒事，就提早來了。我與父親往操場上繞繞走走，我大方的勾著他的臂膀，一種唯一獨占的想望。走了兩圈，風大，我們慢慢走回教室。他問我這樣趕來，孩子有無安排妥當，又今天白天上幾節課，擔心我沒聲音，太勞累。

七點鐘，來了五位同學，我們就開始上課。今天課程是認識自己和同學的車牌號碼。也幫大家取英文名字。當時澎湖汽車開頭都是WX，摩托車牌是三個英文字的排列組合。認完記熟後，我簡單提醒一下，MW的上下開口不同，再強調小寫pq的方向也會出錯。

幫大家取英文名字，我是按照中英文對照取音取義。女士優先。理髮修面的菊仔姨，我取Daisy，大家聽我唸完又解釋後，就紛紛告訴她，是第二啦（用台語記）。再來阿盡姨，我取為Jean，他們又說：就是就「現在」的台語啦。大家興味濃厚的腦力激盪著。祖長叔，我取為Joe，取湖西腔台語「祖」這個音，大家就說，還沒做阿公，就做阿祖啊，還得了！

我轉向一旁角落，對著，山，我恭敬的喚他阿叔：阿汝就取叫Sam。他微笑點頭，說跟他心想的一樣。我如釋重負。

一陣喧鬧後，輪到父親，父親說：老師，我想叫馬蓋仙（當時有名的外國影集《百戰天龍》男主角名字）。我笑說好，不過那一點難念MacGyver。大家也附和著說太難。

我說：因爲我爸的名字，英文沒有相符的男子名。外國人的名字是固定的幾個，不像中文字可隨心組合發想。大家點頭。

我說，我爸就叫Jack。因他穿夾克最帥。父親高興的說：老師，我是衣服架子啦（原意是衣架子）。

都取完名字後，父親舉手說：老師我打岔一下。

我笑著點頭。他說：老師，你不要上太多。

我們要討論明天家政課要做的餅乾——開口笑。還有，我們都餓了，我有餅乾、炸棗要來讓大家當茶配。辦公廳有飲水機。接著大家歡樂的擺桌挪椅，不時故意夾雜著對方的英文名字，戲而不謔。興奮新奇如報馬仔的說著鄉里當天發生的大小事。

我心想，父親是捨不得我上足三小時。時常，我講得破音沙啞，努力的喝水，他就舉手說：老師，我打岔一下。大家都有默契地笑了。有時父親沒邏輯的說著預先準備的笑話，連謎底也早早自己洩露出來。

有一經典笑話，大家若不想聽課，就讓他再說一次——有一個美國人啊，到小吃部點菜。他看牆壁上的字就說，老闆，我要一碗「牛大便」。

……哈。……因爲啊……，是這樣啦。

接著父親就走到黑板寫下，牛○，大○，便。（意爲牛肉麵、大滷麵、便當）再由左到右圈起來。

大家又笑的前合後仰，手拍桌。我懂那是合作來的滿滿善意。把我看成孩子的鄉人疼惜。

常常我想著：這一生，我們總是愛得那麼深，緣分卻那麼淺。

二十幾年前的那兩個月，我溫習著兒時不敢表露的父女親愛。當時不知，沒有更老以後的父親與我了。

海螺身世

大概很少有人能像我這樣幸運，收藏兩顆珍愛的海螺。遇見這兩顆海螺的時間差，大約是二十年。

第一顆是一個不算熟的魚販送給我的。第二顆是我在兩年前的一次颱風過後，刻意到漁市場巡看，想知道都是哪些種類的魚，在驚濤駭浪中被翻滾浮現，進而失去了它們深邃神祕的家。

這顆大螺，提起來有三公斤多，沉甸甸、差點失重掉落的霎那，我忽然覺得責任重大。我到底做了什麼蠢事？心底的聲音是，趕快回家吧。一如年少那所有犯錯時刻，我都急忙奔返家園，蒙頭大睡，躲避即將到來的投訴責難。

我騎上機車，海螺掛踏墊前，風馳電掣，一路火速回家。

賣我海螺的阿姨，有教我要將海螺放在鍋內煮熟，才能將螺肉與我熱切想要的螺殼分離。

我不想花時間顧爐火，就將海螺放電鍋內，外鍋加三杯水，心想這樣應該就可以了。我連著煮了三回，九杯水，再用筷子戳探，一次又一次，試試螺肉有無熟透？又將螺倒進水槽，沖水冷卻。再徒手深入最曲折的螺旋處，拔看能否分離螺蒂與外殼。我弓著右手掌，節節進逼，又進退維谷。印象中只有在脫戴，多年前買的那只玉鐲時，才有那樣的姿勢與疼痛。

海螺的腥味，隨著蒸氣鼓譟，小小電鍋似發狂了般，喀喀作響，鍋蓋不停的跳動著。整個客廳廚房，瀰漫著一種難以呼吸的氣味，像是記憶中海豚肉的腥羶。

此時又正値煮飯時間，幾位鄰人頻頻靠著窗戶詢問，老師啊，你鍋子是在煮什麼啊？我驚恐不已，腦海中浮現了電影《阿拉斯加之死》那位男主角，爲了維生，捕殺了一頭大鹿，用小刀分解時，他被迫直視自己的貪婪。那個爲了活著，肢解著大鹿的自己，在他幾次河水洗滌時，偶然映現自己的臉龐，他完全的束手無策了。他想著自己遠離名校光環，家人，沿途丟棄所有信用卡金錢，是爲了一個怎樣的追求？

他終於棄守了那頭鹿，精疲力竭的走向森森冷山。將自己帶離那錯落著血跡的赤地風雪。

我在近兩小時的海螺煮熟後，閉氣嫌惡的拔出了所有的肉螺與內臟腸胃。將螺殼放桶內，拿到戶外陽台不斷沖水，但一直有黑綠色的內臟汁液被沖出來。真的慌了，就先將螺身放到五樓陽台，讓陽光曬一陣子。心想，總會殼熟蒂落。在這幾個小時裡，我頻頻洗手，又擦搓著檸檬。再察看著，海螺是否會招惹螞蟻蒼蠅。每次我都按著陽光照耀的方向，讓螺口如日晷或站或躺的對準烈日豔陽。這長日將盡的黃昏時，我又再一次查看，發現整個五樓室內外，都是腐肉的臭味。那一刻，我想著，丟掉吧，等垃圾車來。耳畔響起，做錯事時，媽媽的斥喝——就給你試一次，看你還敢不敢。說都說不聽。

我又再一次地將海螺沖水，拿了免洗筷子，再掏掏洗洗，再直立晾乾，讓它曬曬月光。看著靠牆，好好站著的它，我沉著一顆心，滿懷愧疚，想著你離開海洋深處一天一夜了吧。我倆不明所以的搏鬥到更深露重。明天你我就和解。

我谷歌了海螺的身世，它的名稱叫木瓜螺，生長在廣東或東南亞的深海域，目前仍無法養殖。資料顯示現今最大的海螺身長三十二公分，收藏在澎湖水試所。於是我拿起布尺，沿著海螺的弓背，丈量一下身長，二十八公分。就在布尺貼著它時，我注意到螺身的尾端，被漁船機

具弄斷了兩小處，像是分岔的燕尾。我摸摸折斷的新痕，心想當下一定咔嚓一聲，就這樣昏天暗地的被網子帶進拖入，無處遁逃。那日聽到一則新聞報導，說有些國家已明令禁止餐廳將活章魚或螺類放上餐桌，當場淋上醬汁或烹煮，來當成是招徠顧客的噱頭。因為這些海生物的足腳，已經證實是有神經痛覺的。人類舌尖上的良知，終於有了更文明的味蕾。

隔幾天，我將原本放花架上舊的小海螺收進來，兩顆海螺終於擺在一起。小顆因歲月而斑駁，背部也有幾處經年風吹又過度曝曬的薄弱輕透，我用布沾了些食用油，細細的擦，那如耳廓口的道道脈脈也仔細的輕拭著。拿近讓它包覆住大半臉頰，聽著它肚腹發出吼吼嘩嘩的海潮回聲，如遠浪冰涼似掌心厚實。我寫line拍照傳給女兒——世界第二大海螺在我們家，暫時保密，以免驚擾外界。女兒回應——第二大，至少有一百個。各自幽藏於主人愛屋中。嘻嘻，老人繼續加油。

我沒說的是：我再也不買海螺了。

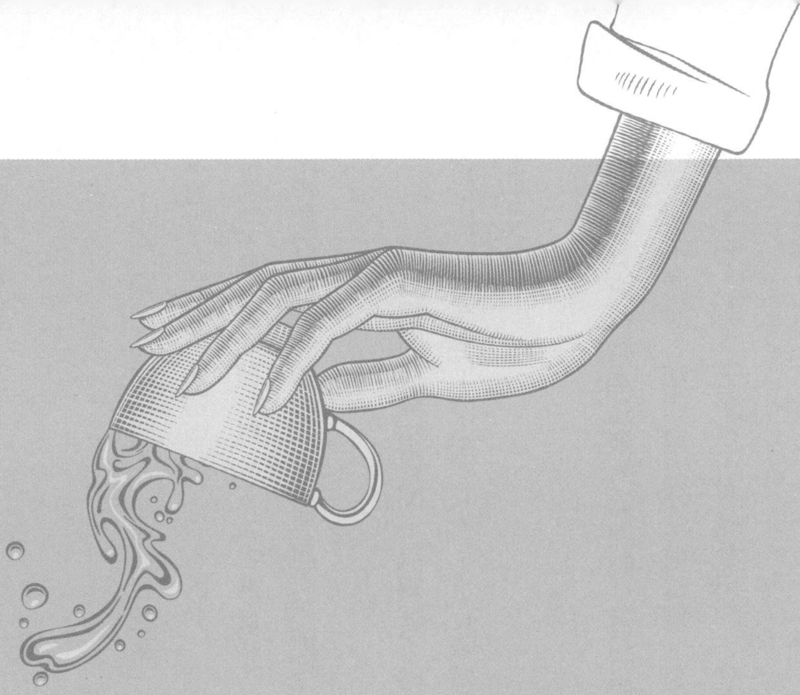

第四輯　水流慢

我記得這窗台

小時家中爲貼補收入，將三合院第一進左側的一間小房，租給當時駐守在鄰村營區的部隊軍官太太們。從此閩南語和各省國語，南腔北調又越鳥胡馬的相遇偏安於一個遮風避雨，稱爲家的三合院老宅裡。每一次隨著軍官移防，口耳相傳的又來新的住客，或長或短，幾個月，一兩年的就熱熱鬧鬧同在一個屋簷下。這樣的光景，大約有五年。

一間簡樸的通鋪小房間，流轉著不同的寄寓。我們家的孩子，有了別於村中其他小孩的外省玩伴。家裡多了一小筆收入。也有著如小說般不可思議的胡同院落，老少穿梭共融於一方水土。

外省或台灣本島來的阿姨們，平時居家都穿著改良式較爲寬鬆的旗袍。與我們的粗布衣褲是很不同的。她們白天經常與母親，祖母對坐在院子內，兩家孩子就追逐一起。大人忙著撿菜，洗米，洗衣洗尿布。我們共用的一缸水，很快就被舀光了。媽媽，奶奶再到自家邊井，打

水挑著來添加。女人們難得空閒，縫縫補補的邊說邊搭著話，是冬日農務較緩時的家常時刻。對阿姨們而言，是一種離鄉背井，有人照應相伴的安心。

到了吃飯時間，阿姨們會領著孩子，就著房內一個小電鍋或小火爐，自己張羅煮食。有時是吃著先生差遣小兵拿來的營區饅頭，有時是隔餐的伙房大鍋菜。我們家煮著什麼樣的季節食物，菜豆乾湯或地瓜湯塊，祖母就會分阿姨們一些，阿姨們都說甘甜，好吃。

偶爾，阿姨們裝束高雅合身的旗袍，等待著軍中團康娛樂的晚宴。那早早來等候，忠心耿耿的小兵，恭敬的站在車門。阿姨們拉高裙叉，蹬上吉普軍車，一路駛向鄰村那澎湖最大的鼎灣沙港營區。這時，祖母會幫忙阿姨顧一兩小時的孩子，等阿姨回來時，通常都會有用手帕包著的小點心。媽媽總羨慕著這些與她年紀相仿的阿姨們不必上山下海，又皮膚永遠白皙。她們也會將母親當成是好姊妹的說著自己的婚姻，故鄉，心事。媽媽是默默的，沒有太多的詞藻能言傳，但她都能聽懂阿姨的國語腔調。情感上更是同為女人的沒有隔閡。

我讀高一時，有個星期日，忽然一位曾住過我們家的大哥哥～曉龍。拿著一張背景是家門前的照片，自我介紹的前來尋找他的兒時記憶。在當時當兵抽籤抽到離島，雖不是前線金馬獎，但來澎湖當兵，也夠迢迢千里了。荒涼的島嶼，總讓思鄉更難耐了。

曉龍說：爸媽要我一定來，潭邊一號。探望曾爸曾媽。今天放假，轉了兩趟車，從澎南營區經馬公總站，再等外垵線的車過來。沿途懷抱著期盼激動的心情。

曉龍一口氣說完，像是報告長官般的向父母親行了舉手禮。爸爸伸手握著他。

爸媽和他敘舊，他笑談應和著，似不太記得童年。但依然能感受此刻他內心的熱血與懇切。那是我們房東房客從不曾想過的再聚首，整個客廳暖呼呼的。我認眞地聽著，因爲小時媽媽常說她都是一胎女一胎男的順序生下哥姊們，直到三姊與我才是連著生女生。緣由就是有一次家裡拜祖先時，租房子的阿姨也正懷著一樣月分的身孕，她想家，想跟著拜拜，祈求平安。媽媽奶奶也就沒忌諱著，所以兩個孕婦的嬰兒就交換了性別。雖知這是無稽之談，但那時我才知道，曾經，我們也有著一個房東的身分。

到了中午吃飯時間，曉龍客氣的說：曾爸曾媽，有白菜豆腐家常便飯，我就可以吃上兩大碗了。我下一班公車，要到一點多才有呢。

爸媽沉默的沒接續他的話，因為那日家中只煮得出白米飯，沒有能上得了桌的菜，是沒有去馬公買任何青菜豆腐的日常。

平時我們有花生仁可炒，有辣椒可摘，有時也會有雞蛋。但那樣青黃不接，季風狂亂的十一月，菜園中高麗菜才如拳頭大的尚未包好，埋在土裡的紅蘿蔔只像手指般細。廚房裡只剩罐頭，豆腐乳和麵筋醬瓜，是祖母吃早齋在配的。我們自己是隨時都可醬油拌飯，或開罐頭來配。但曉龍是客人，是台北來的都市人。

風起年來，我不曾忘記這一幕：曉龍與友人走出家門，走向兩路筆直的木麻黃，走向村子口公車站牌。我與父母親，失落難堪，熱情滾燙的一顆心，像是岩漿入海，瞬間凝結成碎碎片片的崎嶇黑岩。

麵筋醬瓜，是不是眞的無法請客。或是，就是一家人，進一家門的一起吃著飯。曉龍，一定也會願意坐在餐桌上，吃著醬油拌飯配罐頭，問暖噓寒說此時，聽當年。聽聽兵馬已不倥總時，隨著他父親數不清的遷徙，租屋寄住。那垂垂老父遺忘訴說的每一處，家的樣貌。今日一見，是否吻合了屬於藍色海洋，那揣想無數次的島嶼拼圖。

父親帶曉龍看當年他睡的南邊小間，木窗推移出能讓空氣流通的一小隙縫，水泥窗台上透著細光，曉龍說：這窗，我記得，娘都放著面圓鏡，梳子，和面霜，一條胭脂是藏在大衣袋裡，怕我給玩捏了。

我記得那日他帶了相機，說是父母親一定要他拍照寄回台北，他們非常想念我們家人，還特別提到祖母。他立正站在三合院二進天井下，我們簇擁他身旁，一起來的同袍幫忙拍照。澎湖冬日陰鬱的天空，即便已是中午，仍遮蔽如鉛重，無法敞亮放朗。

我們終究沒收到那日熱絡相談後的照片，爸媽也沒再提起這件事情。對曉龍，我們表現出的小家子氣，自卑感，讓我暗自警醒：再不輕易讓世道欺我，遮蔽了我的惜情與眞心。

幾年前，學生日正當中來幫我換修飲水設備。到了十二點多，還是複雜的無法完成。只見他趴在水槽下，用手機燈光一直照亮各個螺絲。

我：用自來水煮泡麵加蛋，再開兩罐鰻魚罐頭來配，隨意吃，好嗎？

學生：老師，不用麻煩啦。我正想等下出去買零件，再去超商隨便吃。

我：哎呀，不是請客啦。我懶得動刀鏟，也怕你覺得有負擔。

學生：好啊。感覺像回到學生時代，跟老師吃營養午餐。

我們都笑了。

外送盛行的今日，都沒這些問題了。許多時刻，如何說，說著難能體面的當下，是一份溫柔於己，誠懇於彼此情感的體貼。

青青子衿

2020疫情開始時，我怕染疫或腦霧。然後會忘了惦念的，銘心的，傷懷的，失卻了重要片段、美好的曾經。於是我開始努力寫著自己。

兩年前寫的這篇初戀，在我看了Netflix的日劇first love後，有一種似曾相識的悸動。已是些許風霜的你，或不再年輕的我們，都不該只是活著，靜止自己的讓日子過去。「失去愛情，你會失去一部分的人生；失去勇氣，你將一無所有。」

在國三輔導活動課程的愛情篇中，提及對待愛情的面面觀，我與學生分享自己的初戀。帶著那保存三十三年的AIWA walkman，和一雙在西門町萬年大樓買來，已戴成兩處小破洞又被我縫補的毛料手套給學生看。學生驚訝不已，隨身聽是啥？愛情似乎有了不一樣的遐想樣貌。

對著導生述說自己的初戀與分手，是三十年後。這份情感，總不願輕易說出，或許是習慣

放在心底，只屬於自己。觀察了十五歲的孩子，大多數都是抽象想像愛情，期待戀愛，希望有人能教導在愛情來臨時，如何適當得體不慌亂的呈現自己。

我大三時初見男友，是在中和開往台北車站的202路公車上。那是秋末寒冷的清晨，雨不停，天也冷著。我頂著一頭新燙的中長度捲髮，帶一天藍色髮帶。這造型，是曼都髮廊依照著雜誌封面，以當時知名歌手李碧華的樣式，純情打造的，也是三位好友合資，送我的二十歲生日禮物。我生平第一次剪去留了三年的瀏海及清新直髮，相當不習慣，但仍藏不住嘗試新事物的喜悅。

北車終站下車後，走到塔城街搭淡江校車。排隊時，訝異、驚喜又在隊伍中見到他。風雨斜打，大家的外套肩膀上，都被別人的傘珠浸濕了。他米白外套也濕了大半個肩膀。我一直看著他的背影，這冷冷又雨的星期一，變得明亮亢奮了。筆挺的制服卡其褲，那應該是大一或大二的學弟，今天他們有軍訓課吧。我有小小的悵然。

大學生校車規矩是先上車的人一律由後靠窗坐，後上來的人，慢慢由旁坐進補滿。我在他後面，前面還排了三個女生，心中暗自祈禱並告訴自己，只要他旁邊有位子，我一定要勇敢，我忐忑著一顆心，低頭默默的收傘踏上車，就交給祢了。抬頭放眼他身旁，全心認眞的我，走向他，他欠一下身子，稍稍內靠一下，坐得更拘謹了。而我，眞的就坐下來了。此刻向天借膽與海拼搏的澎湖人，心都快跳出來了。

晨間校車，靜寂的幾分鐘後，終於發動了。走道間站滿了學生，他繼續看窗外，我目視前方，等待他的動靜。車行約四十分鐘至竹圍時，有個大轉彎，我拉緊前坐把手，抵抗離心力，怕晃碰到他的臂膀，我在後悔自己的輕率中，凝聽這巨大的靜默，步步逼近又即將遠離。校車終於爬上了半山腰的淡江校園，綠意蔥蘢，遠遠梯田，稻秧幼嫩油綠，而玻璃帷幕上的寒雨正失速滑落，任憑奮力攀緣附著，鐵殼車體仍將它飛甩。蒼涼了，罷休了。就讓這一切回歸本分，保守自己吧。這一路我沿途收拾自己的多情。

就下車吧。趕緊回宿舍換今早的課本。八點二十第一堂就有課，大三輔系跟英文系日間班一起上，今天是滿堂八節。就在我邁快步走到T大樓驚聲紀念館的岔路時，遠遠聽到後方有人說：你是哪一系的？

聲音落下的霎那，我想是幻聽，不敢轉身回頭，就別再丟人現眼了。猶豫了兩秒，還是轉過身，見他停住腳步，定定的看著我，而我故作頑皮的看著他，倒退走著，邊走邊答：教資三。

前一秒不是在恨人家嗎，又不該說大三的，那他就知你是學姐了。偏偏你又這款爆炸，颱風刮壞了的捲捲頭。欸，算了。但，不說實話是大三，行政大樓整座牆的查著各系課表，是要查到天荒地老嗎。

那星期是考試週，整整四天後，星期五下午四點考完必修的電腦學分coble，商用程式設計。我一整個的不會，獨自走下側邊的樓梯，避開同學的討論聲，讓自己少受些刺激吧。心想該下山去英專路淡水街上，吃碗「阿給」配魚丸湯，想念芹菜香。今夜微雨，回程買兩枝鮮嫩的黃玫瑰，陪自己爬上一百二十一階的克難坡，這樣也就犒賞一星期的勞頓了。

就在我步出商館大樓的大門時，我看見他迎面站在我的正前方，我看他一眼，聽見他說：我可以約你嗎？

我靜著，看了他幾秒，確定是他。有一個意念是不稀罕了。想著……算了，沒這份閒情逸致，都快被當。

他見我沉默，急忙說：我們擋住別人了。

兩人移動到布告欄旁，他說：這星期我各科都在考試，所以才等到今天。其實我上午就都考完了。

我故作鎮定的說：我不知道你要約何時？我假日都要到台北喬登美語補英語會話。怕沒空。

他說：那我們約明天，星期六下午四點。在希爾頓飯店正大門前。

他拿出筆記，撕下預先寫好的電話和名字，誠意滿滿的說萬一我臨時有事，就和他聯絡，他都在家，可以再改時間。

這很有磁性的聲音，娟秀嫻熟的字跡，彌補了一星期五天來，我的失落與驕矜。那個取笑自己莫名所以，大膽妄爲的餘音，轉瞬間化爲繽紛悠揚婉轉的主旋律。

正式交往後，我忍不住問起他校車上的沉默。他回答：他呀……怕自己魯莽行事，習慣先觀察別人的動機，不想出錯。

好有心機啊！我們倆都大笑了。

我一直記得他帶我看總統府降旗時威武的衛兵交接儀式。幾年前，台北天橋拆除時，我想著一起走上的那些階梯，一起注視的天空，凝望的遠方。曾經，我們一起悲傷哭泣著，我也還記得那天是爲著什麼，因爲那淚痕始終乾不了。

青春不一定閃耀，許多時刻，甚至連平順都搆不著。但，有人懂你那不爲人知的難堪；當你近乎不理智的失控暴走時，他默默的，保持距離的跟在你身後，守護你的背影，隱忍自己的委屈，隨著你故意的轉彎、繞圈、坎坷。那一段屬於你們的擁有，從不曾眞正的離開。

那是後來的人生，你都能隱約理解所有事物，眞實艱辛的滋味與生命的本然。怎樣的風雨，怎樣的跋涉，如何悲憫於當下，溫潤於人己，一次又一次的壯大。我相信愛情是生命的一種背景聲，先行語境。細細咀嚼，那是人生過程中最貼近自己的時刻。

松濤館外的愛情

久違的吉他聲，該是有鄰居在學吉他，悠閒又青春，很有開啟長假的浪漫氣氛。

印象中最美的吉他聲是在淡江宿舍，每晚十點四十熄燈閉館前後，都有男生在樓下彈吉他。宿舍對窗的馬路旁又有著款款溫柔的蕭聲，曲曲深情動聽，永遠暗暗的窗口，他似不需看譜，就隨心順情的吹著。洞簫有一份淒楚，有別於琴弦的千絲萬縷，它輕易就能將情感包裹如繭，將你環繞在綿長悠遠的夜裡。《舊情綿綿》，《思慕的人》，《雨夜花》就這樣流盪著。當時的我，沒有任何的情牽與思念，自在如水草飄蕩在風動柔波中。四人寢室寂靜悄悄，受潮的床榻與被褥，只爲一席瀟瀟夜雨聲蕭簫。

我們都認定他是個男生，都爲他的鍾情與刻意著迷不已。

大二我參加了社團，啟明社，主要任務是輪流到視障學生住處，帶他們安全的上下樓梯，到街上一起用餐，採買食物。有位學長，就住在那棟樓，閒聊時，我問他可有在此聽過蕭聲，

他說得含糊，似乎沒想要回應我。我則基於禮貌，不敢再大聲追問。在車水馬龍的淡江側門，與學長這樣的靠近，伸出前臂的讓學長扶持，起初我自己都覺幾分尷尬。助人之樂與允諾之責，是慢慢才懂的。

松濤館的日子，每個夜晚都有屬於愛情的溫度，那就是～叫館。叫館是沒有手機年代裡的爲愛啟程。在當時，付出時間的等待一個人，是極致的心意；是對一個女生最大的恭維；是十足的勇氣。但我有時卻使壞，不幫忙叫館，因嫉妒與人性晦暗面凌駕了我，我小心眼，氣不過。心情最五味雜陳的幫叫是：那男生長得很好看，或聲音低沉磁性。

聲音於我，有一種超乎常人能理解的魅惑，像是漣漪漾開，如震央輻射，也如黑膠唱片與唱針的霎那連通相觸。所以，我都要問兩次那女孩的名字，才能理智的按捺自己，爲他爬到六或五樓，幫他傳情給他要的女生。有時我氣喘嘘嘘的敲寢室門，說出名字時，看到那位幸運的女生，我都想那該是他直屬學妹，校友會規定要照顧一下，他一定是個善良盡責的小天使。年輕時總膚淺，不知愛情的許多樣貌與因緣。

另一種叫館，是直接在一樓，算好黃色燈泡樓梯間隔後的第幾個窗口，對著整棟樓，大叫著女生的名字，像是慷慨赴義了；像是公開對著幾百位女生告白一般，沒有比這更眞切名符其實的「叫館」了。我們無論他叫著誰，都會打開窗子，看看他的樣子，再自我解嘲一番，有時室友會更毒舌，損己的也戲也謔。

偶爾，也會聽那被呼喊的女生不在，室友代她答說：她不在喔。這時，我們寢室四個人，都圍到窗戶旁，有的在上鋪的，就直接靠著窗角，目送那男生離去，渺小影子在街燈下拖得長長的。室友會說：我等了一晚，我一直都有空。

那一夜，大家都滿懷希望，一種不孤單的，歡心滿意的迎向明天。

大二時我也被叫館，終於懂得那是未知猜想的驚喜。急急穿鞋霹靂啪啦的下了六層樓梯。站了一會，四處搜尋，看著對面驚聲大樓花台處，黑暗中有無熟悉的臉孔。因爲室友那位彰中的直屬學長，他習慣坐在那，觀察我東張西望的樣子。若是我澎湖校友會的學長，他就站在側邊走道，直接叫我的名字。那是一份來日綺窗前，寒梅著花未的熟稔，盈盈切切。他會說，剩

幾分鐘閉館，不敢太早來，想你上輔系才下課呢。

學長們大多都是送吃的，冬天送熱紅豆湯、煎包或裹著辣椒醬的蔥油餅。夏天送店家削好的水果。有時也帶一兩本他特意挑的書，讓彼此看著一樣的故事與愛情。含蓄的，沒說出口的是，我想了解你更多後，我們再一起去看看電影散散步。

若是下半週來找，就會約著週末傍晚去淡海看夕陽。摩托車沿途，一定去吃暖呼呼的溫州大餛飩，芹菜末白胡椒香的湯頭，特別大顆飽滿的餛飩，一大碗有八顆，我分給學長三顆。那樣的花費與飽足剛好，因都是學長請客。

在純樸的年代，這樣含蓄的追女生，也大約都是大我們兩三歲以上，或已當完兵的學長們，他們比較敢勇於表達探索，去猜測分辨那年代的女生，是拒絕還是矜持。初嘗愛情，恐怕連我們女生自己都有些說不清。因為我們連牽手都會發抖。那時代，愛情需要終生綿密學習這件事，課本父母師長，都沒人對我們啟迪教導過。

我讀淡江時男女比是2：1，校園內有著台北時尚都會的男生，也有很文質書卷型的男生，偶見少數男生留著一頭長髮，也都乾淨好看。校園內的情人草坪、陽光草坪、宮燈道上，飛機造型的航空系館、輪船樣貌的造船系館，大一女舍自強館的步道，總有儷影雙雙，笑聲不斷，映襯後山的無限青春與嫵媚。那是淡水山腰上遺世唯我的愛情詩篇；是一江春水相隔的觀音山下，婀娜起伏的對仗韻腳；更是靄靄暮色中，英專阡陌長巷的戀人絮語。

淡江大學建校升格後一直沒有男生宿舍，這在台灣校園，是非常少見的。因爲那年代的大學生，男生占大多數。自強館、松濤館外的叫館，是屬於時代盛況。雙雙對對熱血兒女卿卿我我。保守時代下的蔚爲風尚，是台灣對知識分子的寵愛，也是西風東漸自由開放的推波助瀾。網路，智慧手機年代的後輩們，很難想像這樣的愛情模式——

勇敢的呼喊一個人的名字，她在或不在；愛或不愛。

萊姆酒紅茶

再度造訪明星西餐廳，大約是民國一〇三年。我想念萊姆酒紅茶。但經歷歇業數年後，重新營運的店裡，已不供應這樣的飲品。

我大學時期，許多細雨紛飛的日子裡，走上二樓，坐定角落，毫不思索的點上一杯萊姆酒紅茶。一個立頓茶包，紅黃色標籤貴氣的垂掛在純白的咖啡杯盤上。侍者端來蒸騰的茶湯，如雲煙的冉冉暈開，杯裡由純粹的水色浸染成秋天的槐黃。飄散在空氣中的萊姆酒，濃烈醇性似已被滿室的溫暖稍息了。杯緣斜綴著一片檸檬，一種春光乍現的提鮮，讓心情都融化了。

萊姆酒紅茶是當時店內最便宜，最有特色的低消，六十元。在咖啡尚未流行，在檸檬汁仍是西餐廳飲品主流，在超市仍不賣立頓紅茶包的年代。早午餐，下午茶風尚，還未及吹到台北之時。

明星西餐廳的正式午晚餐，選擇性不多。畢竟當時西門町已被東區漸漸取代，瀰漫在夜色中緩步蒼涼的是種華麗的褪淡。但西門町自有其風華，一如白先勇先生筆下的「台北人，總不老」。

到明星西餐廳幾乎都是下午時間，我喜愛看著夜色漫暗的窗外。廳裡，只有三兩桌的客人，大多都是獨自的在寫字。我與男友是唯一交談的人。所以後來我們都並坐，自覺這樣較能融於周遭。很多時候，我沒說話，怕擾了一室的幽靜。就看著當時店內復古的老上海裝設，由窄仄的樓梯，周邊半身高的訂製木片牆，簡單的櫃台，鵝黃的壁面襯著幾幅畫作。空間背景是謹慎節制的簡約。音樂是輕緩單曲，沒有任何歌詞的言語訴說。想來也是讓客人專心致志於自己的內在世界中。

有著鉚釘的暗紅色皮椅，昏黃桌燈，赭紅色的窗檯，木格子玻璃窗，米黃色鏤花紗簾。靠窗的位置僅有五張桌子。這也是最常被占滿的座位，中間的坐椅時常是空蕩蕩的，彷彿可立刻流出一潭舞池，供你翩然起舞。環視餐廳後，再探向窗外的台灣省城隍廟，一旁有著一兩個舊書攤靜立著。偶爾有人佇立著，大多時都是清冷的。攤子上的老闆總專注著自己的事，而我喜愛他如此的恬適淡淡。

許多人不曾在七、八〇年代，探訪過明星西餐廳。因那年代，有著太多新奇與開放，年輕人有太多夢等著去追尋。我遇見的明星，是在她最不惹塵俗的向晚。詩人周夢蝶與他的舊書為伴，在當時一如他身上的藍布掛，粗布青靭，老派穩妥的自成一景。彼時的台北西門町讀書，買舊雜誌書報的文藝人口，也不似表面看到的那般清淡。大學生幾乎都讀著新潮文庫志文出版社的整套西方名著，通常都是圖書館借閱，或住台北同學家中藏書，拿來借我們輪著閱讀。這屹立超過一甲子的藝文西餐廳，在當時還是以老台北人或寫字文人居多。想休閒娛樂的人，大概都去獅子林，那裡擾嚷喧嘩，剛好適合填滿自己的感官。時尚人士，就是流行的東區或中興，先施等百貨公司，兄弟或來來飯店。

再次踏進明星，在它重新開幕後，我經由網路預訂想要的老位置，只能定到午餐時段，也才知道它的地址是武昌街一段七號，一個網路新時代，新的識別碼。高朋滿座的盛況，讓我與女兒有些驚訝。餐點很正式，顧客多是穿著知性書卷，較年長的人，我想他們是和我一樣前來回顧與懷舊的。外省口音與久別重逢的暢笑，烘暖了整個餐廳。裝潢和顧客，有著彷彿今天大家都是明星的氣勢與派頭。

我熟悉的入坐，在那我曾經爲著躲一場午後雷雨，又曾窘迫的只能湊足兩杯萊姆酒紅茶，還是要待著的老地方舊角落。

女兒拿起單眼相機，連拍著我。笑說，老媽剛才的神情很少見，很特別。我因老了，不愛鏡頭近拍的阻止著。一面難以置信地告訴她，這窗簾竟然跟以前一模一樣。愉悅的用餐時光，餐後附餐甜點是店家招牌的俄羅斯Q甜軟糖。飲料我們都點熱咖啡。像是完美的，計畫著下次再來試試別的餐色。

我心底一點像是尋春，春已老的悵然。不賣萊姆酒紅茶了，也好。封藏一場雨天，唯愛的情懷。年歲，生活閱歷都揭示著，每一次的離開，就是日後自己的淺淺依偎。而「也好」，也成了自己順應失去的淡淡情衷。得以看滿那一窗溫婉，安撫那幾番風雨。

飄洋過海來看你

決定回澎湖考教職前，我在台北杭州南路，一間塑膠模具代理公司，擔任老闆的祕書。以當年大學文科畢業生，算是有很好的待遇，中午又可免費在公司吃很豐盛的一餐。公司有八位員工，一位煮菜的阿姨，只有老闆和我是大學畢業。這是一個有家庭和樂氛圍的工作場域。我很喜歡。但是，我想存錢去美國讀書，學旅館經營。當年去美國一年大約台幣五十萬，加上獎學金就可以生活，州立大學學費相對便宜些，也是考量的方向。但還有一項最重要的事，就是等兩年，等男友大學畢業。他是先當兵，再讀大學。他大我四歲。台北人。

我回澎教書可以省下房租，交通等金錢支出。當時沒想過會到這最南的小島。分發到七美是我們相處兩年來，最長的無助與悲傷。因爲太遙遠，因爲我太急著爲自己存錢。他出國的費用，他父母親已有幫他攢好。

國中開學後，我們三四個月才見上一面。平時晚上他只能打電話到另一棟職員女宿，同事再到窗口喚我。我們只能簡單聊幾句，旁邊總有人經過。大多時候都是寫信，等信，隔著大海的想念彼此。十月底的假日，他第一次，也是唯一的一次到七美來看我。

我在七美鄉間小徑學會騎機車，那是學校公務車，我就去接他。我早早的到機場等待他。幾個工作人員都看著我，小島人對外來客都很清楚，他們知道我是國中新來的老師。我望著小小的飛機跑道，認眞思考著，該帶上行李，就搭著他來的這班飛機，一刻不留的一起離開。會怎樣？就怎樣。

透過大窗，我迎望著他下機的步履，我認出了那反摺的西裝褲角，我喜愛他白襯衫搭老爺褲的穿著。由遠而近的他，默默走向我的入境。戴著雷朋墨鏡，見到我時一點尷尬靦腆的笑著。我們沒有說話的步出候機室。他問我要招計程車嗎？

還是走路就到校了。我指指機車，跟他說：你載我。他說：不行。你載我。在台北都我載你，在這兒，我會迷路。我笑了。想起有一次，我們不知爲何吵著，沉默幾分鐘後，他告訴我一個無法離開我的理由：因爲有人不會看紅綠燈，出門就迷路。

我說我沒載過別人，在學校沒人敢坐我的車。島嶼秋風中，一路蜿蜒海景，沒有紅綠燈。

我仍像在淡江的日子，兩手放進他外套口袋，抱著他，頭側枕在他背上。快進七美國中校園時，我不敢放肆的快坐直身子，以免驚動那早已想看看他是何方神聖的同事們。平時在校搭伙，晚餐，假日都由夏太太煮食，三桌飯菜，大家一起吃，先到的記得留菜飯給別人。這兩天我就帶著男友到七美最熱鬧的南港村，那兒幾家小吃部，較有選擇。餐後，我們沿著海堤散步，再走回中和村學校所在。

沿途我們一點距離的並走著，因會遇到學生和家長，剛才在餐廳也有許多人看著我們，他笑著說：牽手嚇嚇大家，不好嗎？

他認真的和我討論起這學期教完，就離職。他這次回去，就去幫我找房子。大三課較少，他已去考了職業駕照，放學可靠在他家附近的車行，開計程車，幫我付房租。我賺的錢，還是可以照樣存著，等他一畢業，我們就出國。他姐的男友也在美國，大家有個照應。

我不許他去開計程車，因爲理工科的學分，要是大三沒修過，會有讀五年的風險。我們無法有共識的意見相左著，彼此就沒敢再提起這件事。因爲難得見面，因爲我懂自己何其殘忍，我的離開，於他是一種失重的無告，比當兵兩年更焦慮難熬。七美太遠，相守太難；我們都太年輕……。

記得第一次去他家拜訪時，他父親用著濃濃的廣西腔調，說著家鄉的一切。我聽著，不懂，轉向他求助。他就翻譯說，我爸結論是：只有戰爭的艱難，才能將兩個人分隔。相愛的人不該分開。伯父連忙笑著說：對對對，是這樣。

他來的兩天假期結束，上課日的那一早，我因第二節有課，我們就提早去機場。沿途他騎得很慢很慢，到候機室前，我怕目送他離去，他也默契的預先將機車掉頭，叮嚀我慢慢騎回校。那樣的時刻，不能有分秒的言語間隙；不能有溫柔的話別。一句話，一個眼神，我們都會向愛念屈服，向青春輸誠。

我發動機車，用嘈雜的引擎聲，掩蓋所有的迷亂，成功的別過那偽裝的堅定。揚長而去。一路加速，到校整理情緒後，認真拼湊完整的自己，準備上第二節課。未料竟是未語淚先流的無法開口，先寫著大半個黑板的板書。學生默默地跟抄著。

忽然，有位學生劃破寂靜的說：老師，外面好像有人找你。

我轉過頭，看到他站在教室走廊。我急忙走出，他說：你上課……。在台北，我總想像著你上課的樣子。現在我知道了。再寫信告訴你。

我想說我平時都有講課，但今天……。

我說，哪來的摩托車？滿眼淚水收不住，看著他。他定定的看著我，我看著他耳頰，一種按捺的抖動。我低下頭。不想讓此刻的自己顯露在學生面前。

飛機，就要起身穿越雲層了。萬水千山，不想你都容易。

他說：你進去上課。這一眼，擋我一輩子風霜了。

我看著他穿越操場，走過校門，摩托車身影消失在鄉圖書館的過彎。我抹乾眼淚，這一刻，我懂，愛一人的試煉。不懂，被深愛的貴重。

小島戀人們

炎炎夏日午后，我坐上小飛機，由馬公到七美。十五分鐘的飛行，機上十個位置，你可以看到機長。也可俯看整個澎湖深黑綠海。很害怕，機門就在座位旁。剛才上機時，頭撞到機翼，還痛著，我很氣自己，冒冒失失的，不知在做些什麼。

下了飛機，學校人事騎摩托車來載我，另一主任來載行李，我感受他們的熱情，也慶幸自己沒大包小包。

這未來一年安身立命的房間，是臨時用木板隔起的，因不曾同時有三位新進女老師（當年全校有八個班）。最年輕的我，就住原爲交誼廳改成的臥房。一大張木床，塑膠布櫥，一張大書桌。前後方牆壁上各是蔣公國父的肖像，我有一些些入伍黃埔軍校的錯覺感。期許自己在房內作息正常，積極抖擻。

這房間我最愛的是南牆有一大窗戶，隔著新裝好的綠紗窗，可看到一個小小的人工水池，我喜愛生態蓬勃的哇嗚鳥叫，四季濃濃的時序流轉在這一方南園內。感受校方對新進兩位英文老師的禮遇寵愛，他們叫我小公主，該是，當年九月我剛滿二十二歲。

第一次當導師，也任課國三英文，所以只比孩子大七歲，七美島上男女生都有著高挑頎長的身形，深邃秀挺的輪廓，黝黑麥色的皮膚。可能是物產豐饒，海山產都有（離高雄近，有飛機直飛），感覺都發育得像個大學生。

假日清晨學生會在我窗口叫喚，要我去七美人塚、望夫崖郊遊，他們騎腳踏車來載我，沒車的，就用跑的。一起坐在望夫石上，他們烤肉、烤海鮮給我吃，唱歌給我聽。問我有無男友？又談戀愛是怎樣的感覺？很鬼靈精怪的。當然也聊著未來到馬公高中讀書，擔心功課跟不上，住校環境不夠安靜，教官會管太多等⋯⋯。

看海過後，要再到玥鯉港游泳，我說沒帶衣服替換，他們說不用，沒人看。濕濕的回家，沿途風吹日曬就乾了。爲了回報他們一片赤誠，我就相信並下水了。海岸礁石崎嶇凹深，我只敢在岸邊泡著半身的海水。他們藝高膽大的全數游向遠處，不一會兒，一個大浪將我拖向海潮，又再將我沖回岸邊岩縫，再拉向礁石，如此反覆，僅僅幾秒之內。我腳搆不到底，蹬腳想踏岩石讓身體有支點，卻敵不過湍流，極度驚嚇，抓住下一個浪頭尚未來襲的交替瞬間，奮力踉蹌起身。靠在大石上喘息著，學生也都慢慢游回來了，聽他們笑鬧的說著漲潮了，不過癮，明天要早點來。

我忍住眼淚，一種恍如隔世，劫後餘生的看著他們。他們見我，開心的說，老師，你看，沒騙你吧。根本不會有人知道我們游過泳。

大家全身濕淋淋的，套上上衣，又爭先恐後的，決定著回程哪段路到哪個路口，由誰載我回校。我側坐後座鐵框上，方便跳上跳下。一路感覺特別折騰，上坡下坡，時而跳下車走走，時而又坐上。一路空檔滑行，學生尖叫，快到校門時，只剩我們一輛車，剛才此起彼落的再見聲，再度將我拉回現實。過小塘到宿舍，我說：明天上課見了，謝謝你。

大男生靦腆的笑笑，說：老師，妳會覺得我們很土嗎？我心想，一定是我沿路太沉默，孩子覺察到了。我說，不是，是我好餓。他笑了，千里單騎的背影，一路向校門的飛揚。

回房後，顧不得房內蔣公國父肖像前（平時更衣，我躲在布櫥後，不敢造次），照著鏡子，房內配備的那面制式黑木框，紅漆端正的寫著「七美國中整肅服裝儀容」於左上角。全身大鏡，反射整個背部臀部肩上都瘀青紫黑，幾近迸出血，我默默的塗了些萬金油，搓搓揉揉，坐在小板凳上，讓背舒緩，讓藥膏吃進皮膚。

趴在床緣上，不知不覺睡著了。夜裡起身洗澡，痛覺隨著意識漸次甦醒，緊緊綳襲而來，我，再哭一次。哭這隻身到南方小島；哭正盛的青春年華；哭著台北與七美的遙遙迢迢。

這旱鴨子小公主，撿回一命。

心靈後裔

疫情開啟了另一種教學模式——遠距教學。我第一次使用這樣教學方式，心裡想著，這屆孩子，國中三年，已經歷兩階段的遠距上課。他們即將畢業，沒有了期待三年，四天三夜的一起吃飯睡覺，遠離父母的赴台畢旅，個中的無奈與感概，在他們青春苦悶的各項艱難學習生活中，必定是無言又失落。我在課堂上不敢多提此事，怕國中會考在即，孩子不夠穩定，心思龐雜是兵家大忌。

八點十五分的課，八點就開始開課call學生，因爲很多家長不放心，一定看到孩子上線了，才能勉強放心出門工作。有時，我讓孩子開鏡頭，因要確定他們有在跟隨課程。我會抽問，請孩子打開麥克風。我發現，許多家庭的電腦，是放在客廳，旁邊還有弟妹們拿手機或平板，也都同時在遠距聽課。有的有用耳機，有的直接切換成無聲，就彼此排排坐著。小學、中學、高中職，客廳權充爲大教室。我能理解家長平時就擔心青春期孩子沉迷於電腦，都將電腦放客廳，監看並管制使用時間。

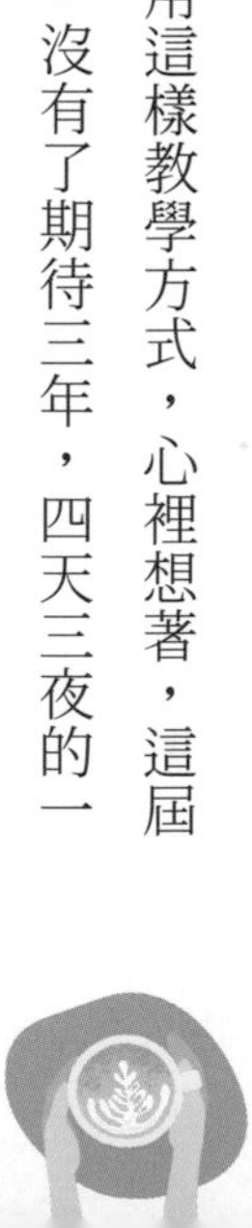

現代的父母，眞的令人心疼又敬佩。他們對抗的是疾厄擔憂；是網路成癮；是一種他們能感受到的時代缺乏；是自己人生情感中理不平的方方面面。

透過鏡頭，我看見家境較不理想的學生，在侷促空間內的遠距教學授課品質，是近乎無效的不利於他們學習。

國小，國中，高中上下課時間是不一樣的。而遠距教學已將一堂課由四十五分鐘，扣掉老師開課叫齊學生的十分鐘，節縮變爲三十五分鐘。分心、嘈雜，全家一起上課，那就是一整天的學習品質低落。更是一種對弱勢孩子無形，不公平的教育剝奪。資訊科技不發達的年代，偏鄉貧窮是文化不利的主因。但現在，學生住居個人空間的品質，卻成爲是否能有效學習的第一要件。

現行的遠距教學，各校都已有硬體充足的平板數量借給學生。但能扎實到校，才能是最貼近眞正的教育均等。

國中教育有許多價值、觀念的輸入是由學校老師養成。師生情感的培養，是必須拿下口罩，看著孩子，努力認識他，也讓孩子看見你的全貌。彼此放下一些，又拾起一些，努力拼搏，退讓的糾結一番。直到我們站在一個情緒可以溝通，情感能夠互動的位置。這樣三年跟緊，反覆拿捏，我才能放心，放手，讓你們成爲我的心靈後裔。

身爲老師，覺得自己有許多仔細又挑剔的性格。讓人感覺似乎有些難以從衆如常。其實與我們帶青春期的學生有絕對的關係。老師內心都有一條明確的線，卻必須爲來自三十個不同家庭與教養環境的孩子，隨時鬆鬆緊緊，拉拉扯扯的做修正。並讓其他十二到十五歲的孩子也都能同理的善解，以免造成不預期的同儕情感傷害。這樣的棋局，每天都在考驗著我們。

常常，我思考著如何做？如何說？因爲我是來陪他們走一段成長的路。而不是在路途中，不自覺的凌駕傲慢於他們。每天我獨自走路一小時，不予任何人交談，專心思考著：

＊今日課堂上有無說錯話？

＊事件當下情緒是否太滿？

＊是否符合自己期望的展現成熟樣貌？

＊是帶著偏見的立場？

*帶著華麗的權杖？其實是反教育的錯誤示範。

細細檢討，有時反覆不得，只能請教資深或理念較爲相近的同事。若眞是自己有錯，那隔天再私下把孩子找過來，再修補，再表白，將他們的情緒熨平撫整，也給自己再出發的力量。我喜歡這樣的時刻，這是師生間最同理彼此；也是較易灌輸他們易地而處，明辨當下，人我間綿密的脈絡釐淸。

這三年的每一天，我與一個班級的孩子們彼此成長，連結他們青春中感知的好勝，敏銳，慢慢琢磨、經驗成一個更好的自己。這過程與寓義，是這份職業中最踏實的心靈滿足。

鏗鏘的夢

由學校儲藏室搬回了教書以來所有的私人藏書，心情是複雜的。一直懶得去拆開箱子。但，近日常想起一本書，那是陳義芝先生《我年輕的戀人》。我不確定書還在不在，因爲這二十年來，我沒再去翻一次這本書。常常是書買來看完，就放班上給孩子讀，我也不知誰會去翻閱。

班級圖書文庫，是我自己與孩子共讀的小園地，有些書是兒子女兒小時候讀的。有些書是特地買來給學生讀，那些書沒有任何的編號。唯一的借閱規則是記得還回書架上。書內頁簡單的蓋著我的私章，或我批改聯絡簿時，逗趣的小熊章，那是我和學生間的通關密語，如果我們一起完成一件事，就會看到班上的吉祥物~小熊章。

就這樣的給孩子們一片書牆。每年隨著升上不同年段，教室搬遷，我們用紅色塑膠繩，捆著一落落的書，一人一綑，如螞蟻雄兵的移動著。再安放至書架上，再造一牆書。大約是文學

類，套書類，漫畫科普類粗略的區分。

我喜愛下課時，午休前，或早修時間，讓孩子們自己安排妥貼後，就去翻翻那些書。隨時抽取筆筒的書籤，夾好，不要用摺角的方式。又遇看不完，興味濃厚時，都可借回家看。常常全班安靜的看著閒書，只有我急著批改聯絡簿。思考今日要規定的事項，又個別同學聯絡簿三天都沒給家長簽名，因主要照顧者赴台就醫。我都要記得私下詢問，確實了解狀況。又他的晚餐、補習有無親戚可支援。要包午餐讓他帶回家吃嗎？

偶爾我放下紅筆，抬頭看著他們。有邊吃早餐，邊翻書；邊看邊笑。更有把握時間，好夢正酣。青春身影，怎樣都好。就是每天到校，一點一滴的積累學識、想法。與書相伴，不一定能在書中遇見那個像是自己的角色，進而成爲學習效法的腳步。但三年下來，至少會有一兩個角色，是他記住了，喜愛又有感覺，時常盤桓於腦海中。

克服惰性，我還是拆開了學生畢業時，幫我將班上文庫合力打包的那幾個書箱。我看著一大套的青少年西方文學名著。爲母，爲師的盛年，我自己沒時間看書。少年時的我，根本不敢想像有一天能擁有這些書。我一一擦拭，翻看著。想看書籤停留在哪一頁？想像天線一樣，接收著學生們曾經發出的訊息。現在的我，有大把的時間，較平靜的內心，可以啟動重新閱讀的模式，我們可以在書中相遇了。

又看見幾本陌生的，學生留下來的書。記得每年都會有孩子帶來他喜愛的書，分享給同學。畢業後，就要留下來送給下一屆學弟妹。翻到這幾本書，我想到的是一種情懷，那是，不必告訴你，我要你成爲怎樣的人？我只想帶著你，做給你看。他們做到了。這三年，看著同樣的書，走在同樣的學習路，卻是一點一滴的成就了一個獨特，不一樣的自己。

我的班級藏書中，最受歡迎，充滿青春手跡的就是倪匡的科幻系列，那是男女生都愛看。曾經有這樣的趣事。有一次上數學課，偷看倪匡的《藍血人》，被沒收。案發多日後，學生寫聯絡簿自首。我限令他期末給我生出來還回。結果，寒假過完，依然使命不達。下學期開學後，數學老師請了一年半的育嬰假。老師回來時，孩子們都已畢業。我也就忘了追究。

有一天數學老師特地來告訴我，她也忘了將《藍血人》放哪？要上網買還我，但只能全套買。我很驚訝的想起，趕緊說，沒關係，千萬別麻煩，我都忘了。數學老師說，孩子一直惦記在心上並請求她來跟我解釋。我笑著說：看不出來，他還滿有責任感的。

一天，這屆九〇四孩子又一起回到校園來看我。他們提起這事，還是不改笑鬧的告狀說：老師啊，你看〇〇，大家都說不要拿倪匡，會太入迷，會不曉得老師已走到身邊，一定穩被抓的。阿他就說沒關係，反正芳姐很兇，她會去要回來。結果，害我們很多人要再看第二遍，都覺得很失落，少了《藍血人》啊！老師，你都沒處罰他，他這種人是不會learn a lesson的啦。

彷彿又回到幼稚打鬧的國中時，四個二十歲大男生推推擠擠的，我被他們逗得歡喜極了。想當年，他們都年少，都有犯錯的權利，也都知道導師，會原諒兩次。

班級文庫的書，有些是我在台北金石堂、校園書坊買的，那是網路電商未普及的年代，是套書最盛行的年代。每年都會有銷售員由台灣本島，拖著幾個行李箱進校園。有默契的先贈送學校圖書館一套叢書。再進入各個年段導師辦公室推銷。飄洋過海帶來各式讀物，有國家地理雜誌，小牛頓雜誌，漢聲小百科。老師們興沖沖的翻著，每套都想買，由兒童買到青少年讀物，由第一節想到第七節，還在想……。有打折，給自己孩子和學生看，回本了啦。就這樣，青春不老的想著、買著。

我一直認爲，讀閒書，是回歸自己，走向更孤獨全面的人生時，一份很重要的力量。當他們是孩子時，不懂，也不必懂。就靜下來，能專注十五分鐘，能有所選擇，哪怕是漫畫，有注音符號的童書，繪本，都有可能是任何一個學生失落的一角。更何況，每一本書都蘊涵著作者畢生的見聞與智慧，都有不同文化背景想闡揚的核心價值。

我有一個夢～是想讓我的學生們，不論家庭，經濟背景，都能有一個仰望的人；一份來自遠方的呼喚；一個脆弱時的心靈小屋。在那裡，安住自己躁動混亂的時刻，或許那個時刻，比他想像的更久。但，沒關係，就保守自己。一年後，三年後，回想那時刻，其實也都還好。縱然不好，也都走過了。

當導師，國二的課堂上，我會讓孩子說說古今中外，若能見上一面，說上話，那他希望會是誰？準備與他對談些什麼？每當此刻，我看到孩子們專注努力的腦力激盪著，快筆疾書的擬著要發表的文字，也急著想聽其他人的分享。學生總會問，可以不可以是書中角色，人物？不是書本作者。我想著，眞好。當然都可以。都是我要的。內心又私自期盼著，聽到更多元，更個別化的答案，而非此時電視上正紛擾的人物。曾經有學生分享的是英國電腦科學家艾倫Alan Turing。哇，當時，我眼睛爲之一亮，心有戚戚焉，師徒好默契。那古人所說的，得天下英才而教之的喜悅，那眞是西方心理學家馬斯洛所謂的自我實現。一份人類因夢想而偉大的鴻鵠之志，讓我踏實喜悅，數十年樂此不疲。

懷戀

清晨看著BBC製作的節目《終極苦旅》，忽然很想站在海邊。

穿著拖鞋，順手抓件外套，丟車內，就將自己帶離馬公市。來到機場的邊緣～隘門村。直行著，接著呢？圓環往左開就是回娘家，那就往右吧。今天不想說話，今天只要遇到叉路，就都往右。就這樣決定的當下，輕鬆又得意，似乎是這樣的年紀能爲自己做出的最大任性與探索了。沒繞進林投公園風景區。直線地開，筆直的馬路，小路，如海無波的接續簇擁著。沒什麼車輛與行人，流暢的滑行，到了龍門港，巍峨大船停泊在港內，機械與鋼鐵堅硬的線條占據了我大部分的視線，是大船入港的富庶氣派，宣告著自己有別於湖西海濱村莊一貫的小家碧玉。再繞出村向右轉進。不想人煙，所以避開風景點——閉鎖陣地。風與樹漫天相偕搖曳，滿徑的秋黃葉落。看到路標上寫了裡正角，不想細數多久沒來到這裡了，只有多年來辜負天地美景的愧疚感。不復記憶那曾經的裡正角，是眼前這般青山隱隱柳暗花明。原來歲月流失，讓人可忘卻山盟海誓；原來光陰消融，也可讓一切彷如初見。

秋日出走的時候，我將車窗開啟1/4，風認真大力的交流著。關掉了車內小天地那讓自己一路隨意搖頭晃腦的音樂節奏，當然是怕嚇壞路上人車。大口呼吸著島嶼中過度滯留的鹽分。車行途經幾個村莊的路口，不自覺望向路旁候車亭。想起擔任湖西國中的導師時期，每逢接到一屆新生，就要實施全班性的家訪。那時一班有四十個學生。就像這樣安靜的假日早晨，國一新生們都要在家打掃環境，嚴陣以待的等候導師。幾個事先約好的領路學生，會在候車亭內避風等我。我按村莊地理連接之順路，村村戶戶的家訪。因訪問時的談話內容，不宜讓孩子或領路學生聽到，所以他們都在屋外吹風，在鄰近處守望著我的動靜。有時他們會帶著書邊讀邊等著，會彼此互問著社會科課本的各式問題，認眞又乖巧的讓我這個導師很有面子。

我則滿腦子都是自己預先擬好，關於學生家中的經濟來源；父母狀況的隱私提問，百轉千迴的適時切入，又永遠都是唐突的開口。每個訪談是十五分鐘爲限，不宜延誤，拖長下一個家庭的等待。

學生們擔憂的是，不知導仔內心裡對自己的印象如何？她會不會向家人告狀？又幸好今天爸媽都有去做工外出忙碌，阿嬤阿公在比較沒關係。

時常我走出學生家門，都深吸一口氣，又結束了一家。腦海隨卽又忙碌地思考著日後帶這孩子的個別方針。有時也強迫自己冷靜的消化著剛才某些震懾心魂的景象與感觸。更多時候是，當時甚爲年輕的我，總後悔自己話說得不夠委婉，孩子可能因此被責備而心靈受傷了。家訪總磨心。

有一年，領路學生貼心地提醒，老師等下要去○○家，他家有很兇的狗，而且不只一隻。上次你叫我送作業來，我被嚇到像曬在老古石牆上的海菜，人乾似的貼緊牆面，幸好路人將狗斥退，同學聽到尖叫聲也有出來，我才逃過一劫。還有，還有，我們最後要去的那個○○同學家，他們家一進門就是詭異的紅燈燭，有神壇，也有在讓人家問……。老師如果妳會怕，回馬公時要記得先去廟裡拜一下。

當下，我眞的很想家，覺得自己出來流浪很久很久了。我最怕狗，更怕鬼。正沮喪低頭時，一陣大風將我和學生倆，巴過來又搧過去，踉蹌的退了一兩步。冒汗的額頭手心，正式襯衫套裝領口都濕了。學生面前，我還是愛面子的笑著說：ㄟ，你們導仔沒那麼弱。你等下站我後面，我保護你……。

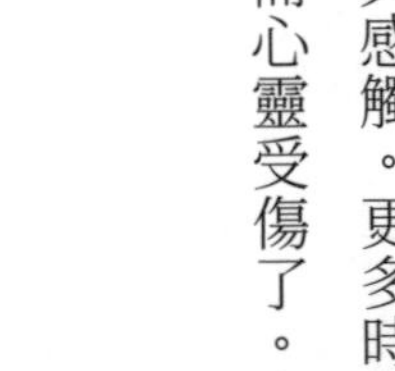

在大風中，我的言語破碎又模糊。餘音落下，彷彿骨牌咧咧，再也無法威武如液態生化人的站起了。

就這的樣一天。純樸的，務農做工，討海兼有，擺滿農漁具的湖西巷弄阡陌，串連流動著我們師生青春元氣的走跳。家長懇切，深許同爲鄉人的殷勤交付。那是電話訪問傳達不到的鮮明，誠摯。往後三年，在孩子最難被大人理解與溝通的青春期，今天這一幕幕場景，都印刻先備於我的心海，在我每一句重話落下前，在孩子每一次的眞相與情緒糾結後。

退休，開車閒散，蜿蜒順路的，總是湖西鄉的各個村界。縈繞又追尋，春去又秋來。每每我看著路標，不一定會轉進那個村子，但有幾張童稚的臉龐，用著青春無敵的魔力霸占我的思緒。我都記得那是哪一屆，是屬於哪個村子的孩子，在教室裡他常坐在第幾排。這饒富興味的回憶，讓我沿途會心莞爾，明白深刻，那是一份自己才懂的生命情調，一種自我躁動性情昇華後的清淡與透亮。

島嶼每年從容的秋日，似乎就只有淺淺的幾天，風不經意地勾勒著海岸線的輪廓。空氣中濃重的鹹味，彷彿肉眼能得見，伸手能搓揉出晶鹽於指尖，又黏膩濕重了一頭的髮梢。植物莖葉被漬黑的捲曲萎縮，仍是抖擻的站成一株株，一整林子的千軍萬馬。強悍的季候，遮蔽又瞬間乍現的秋陽，映著幾處燒禿的荒野，像是盛大的面質卻是無果的終場。

澎湖有大半年是這樣的天地。而我大半生在這裡成長生活。停駐裡正角，向下望著細如銀帶的白沙灘，她因不特別壯闊浩瀚，所以留守著一份靜謐與離索，楚楚動人的熠熠美麗於天地一隅。

二樓

我第一次吃牛排是在台北一間民歌西餐廳，那是鄰村一位哥哥帶我去的，那時我們倆剛好都在台北近郊讀大學，小哥平時就愛讀書，寫字，也會彈吉他，作詞譜曲。是我們湖西鄉鄰近幾個村子最熱愛文藝的。

那日台上民歌手是一位秀雅清新的女生，年紀約二十出頭，潤潤的臉龐，笑起來有個小酒窩，及肩的髮，側著臉，專注的彈唱。偶爾抬眼看看我們，淡淡的情感，在空氣中漫漾開來，她叫葉子。人如其名，綠意滿懷的流動著整個舞台。她唱著些我不是很熟悉的曲子，二十分鐘後，她來和我們坐坐聊聊，我才知她唱的是小哥的創作《太陽雨》。

我第一次吃西餐牛排，是小哥招待。我告訴他，那順序我不會，很有心理壓力。連點餐也沒頭緒，拿起一本菜單，如讀書般的仔細看著虛線盡頭，價格幾乎都是我一星期的自助餐費用。A餐B餐在我腦子裡是同樣的混亂玄虛。小哥意會的笑著，說那他直接幫我點。我也趁機說著我不會吃西餐。他說用錯也無妨，我們不見外，也沒人在監督我們。就這樣愼重的開展了第一次全套西餐的工序，終於和牛排搏鬥完。那邊切邊吃，不可一次全切完再吃，大小刀叉湯匙的功用，最經典西餐宣式性的口布，也穩貼的放膝蓋上。

豪氣慷慨的他，在有限的金錢下，帶我見識台北與流行。深知我未曾離家，思鄉閉塞的不願去參加舞會。一心就想離了島到了台灣，是要求學踏實的。但高中拼命讀書，上大學再讀得更用功，是有些辜負青春四年。他告訴我，澎湖沒有這些時尚的事物，都該體驗一下。我沒說的是，我的許多自卑：不識路，不會搭公車，也不太會看岔路太多的紅綠燈。穿著老土，更是如影隨形的難堪著。這樣的心情，來自同片土地的他，在領略別人稱羨的大學生活後，告訴我：生命是各種可能的追求與探索，自我質疑是過程中的絆腳石，但有時候，似乎，也是必要的。

後來的許多午后，我經過台北街道的騎樓。遠遠聽得二樓傳來吉他聲，順著階梯紅毯流洩而下，嘹亮穿透。我總放慢步伐，聆聽駐足，躊躇著，就不覺的踏上階梯，推開二樓的玻璃門。自己一人上餐廳，聽歌，逛書店，看電影，我都不會害怕，因爲我喜愛全心全意，細膩專注於當下的感受。也似乎這樣專心致志，才能眞切跟緊別人的努力與才華。沃養灌溉自己一點又一點。

餐廳內駐唱歌手們聲音都獨特，與客人互動也簡潔清新。通常都是兩個小時，約有四位歌手演唱。他們先唱著自己準備好的歌，大約五首，有些是當紅的流行歌曲，也有是他們自己的創作。再來是開放點歌，那是爲著欣賞他，或爲他而來的觀衆朋友，給予最眞摯的謝意，我非常喜愛這樣的交流方式。若遇有自己不太熟的歌曲，那透過麥克風的告知，讓人有一種反差的驚奇與窩心，像是公開的說著悄悄話，「我沒有練習過這首，希望沒有減損您記憶中的美好。」

此時大家看著剛才遞紙條點歌的來賓，羞澀的與大家點頭，靦腆的笑，有時紅了臉。一種溫馨柔情又不失熱絡的氛圍，是今天在場的舊雨新知，我們享受著同樣一場唯美的時光。一整個下午，夜晚，都融融於愛的聲線琴音中，是《Killing me softly with his songs》的迷夢寫實，是你恣意縱情放任自己，癡心了，妄想了。

現場聽歌有著演唱會的立體與臨場感，又能安靜地座落在一個空間內，放鬆悠閒，遇用餐時間，就是現場鋼琴演奏，你可以靜靜聆聽，也可寫著自己的東西。慢慢等待著下午三點開始的演唱時間，歌手乾淨透亮嗓音，像是唱出那個單純的你。若偶遇沙啞迷濛的低音，是一種別無索求的吶喊。是對錯都已不再重要的，自我退場。他們口中唱出某個季節的，那個你，釋放了你多情的餘韻。此刻的事過境遷竟是如此的醍醐灌頂。彷彿今天是個儀式性的，最後一次緬懷。

幾次遞紙條點歌捧場後，歌手們大概都會過來致謝或稍作寒暄。那是非常別緻的情感聯繫。仰望漸漸消融，取而代之的是一份默契：我愛唱歌，剛好你也想聽歌。原來沒錯過彼此竟是如此的美麗。

民歌餐廳風雅，歌手清秀或粗獷有型。有單人主唱，也有雙人重唱，裝束都樸實簡約，誠懇真摯如鄰家男女孩，日後的他們，或許都是星光輝耀的電視歌手，發片，發新專輯的走向另一個舞台上。

我喜愛民歌餐廳的獨樹一格，它標誌著一個淸麗知性的時代，有別於紙醉金迷的餐廳秀或紅包場。二樓，有著幽微的高度，沒有太多的階梯，卻是世俗之上。任憑你臨窗遠眺，俯看人群。耳畔含蓄輕柔，收留了你不經意的感情。保守了你來時的那份不惹塵埃。彷彿悄悄的循聲、探頭。一道由天鋪展下來的長梯，你猶豫，卻習慣的順手攀住了那簾幽夢。

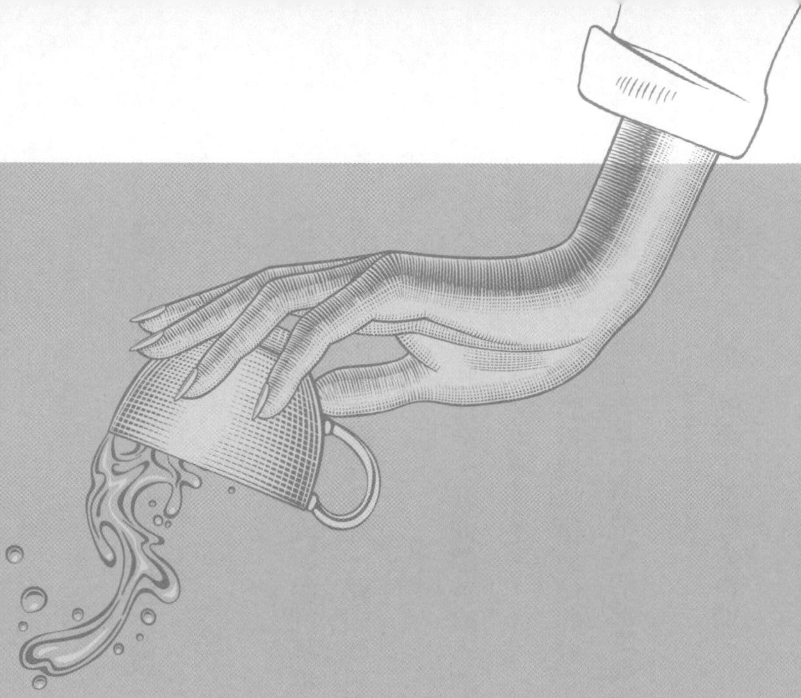

第五輯　鹽之花

嶼人@880

偶然在郵局買了首日封的燈塔郵票。「鄉愁是一枚小小的郵票……鄉愁是一灣淺淺的海峽。」

我就住在家鄉，沒有詩人所說的那種鄉愁。但，卻有著一份莫名的惆悵。在茫茫風起時，海洋推波助瀾，潮水踴躍奔赴，轉眼就包覆了所有，摩托車，小花小樹，曬衣繩，門牆……，天空。

大風吹，不吹什麼，就催趕著嶼人的心，飛越過碩壯無朋的消波塊，直達海裡。低低盪盪的鄉愁聲納，嶼人瞬間就偵測到了。

常想，守燈人的孤獨，是怎樣的滋味？燈塔有居高臨下的開闊，黑暗中又熠熠閃耀。遠天近海，總氣象萬千。是心遠地偏的清幽與平靜，讓人生羨。

聽說，一輩子的事，都教人害怕。

在澎湖這片土地上，有一個共同的郵遞區號，編碼880。是網路還未發生前，上個世紀澎湖人的通關密語。寫了相思，家書，現金袋；等著報紙兵單錄取通知。據郵務人員的說法是寫上了880，才能方便人力辨識分籃，即時裝進大帆布袋內，一綑一袋的扎緊，船寄。走海運，再陸路分送到那條午后的長巷，寂靜的門廊。

經線是黑白晝夜的工筆，緯度是涼暖胭脂的寫意。東經119，北緯23，都歸給880了。將8橫向，是數學哲學上的無窮，無限大。九十條嶙峋的海岸線，圈繞成島嶼群象。不捨晝夜的浪濤，遇見大島，脈脈含情，豐饒餘韻無限流連；遇見嶙峋岩岸，曲折成插，就是託付青鳥的殷勤探看。

島嶼人寫著的880，是銀合歡屬地的港邊，是溢滿的潮浪。
是天大地小，是牽絆的無限親愛與隔閡的無盡大海。
大海算什麼？算荒涼。
荒涼算什麼？算侷限。
那開車到不了的，算是，道阻且長。

文光國中任教時，有一次戶外教學，是帶全年段學生到一個小島～大倉島，作生態地貌的學習。每一次的戶外活動，對老師的精神壓力都很大，但因爲當時我們有最了解澎湖海洋生態的生物老師，所以克服了許多心理與地理限制的困境，師生都雀躍期待。

那是個有風的秋日。我們一行八個班級兩百多人登島，看著島嶼山丘青黃掩映，走在風高的山崖上，幾處散落的墓碑，荒煙蒼涼。我們以班級爲單位，叮囑學生小心敬愼的走繞過。

回程下山的邊坡旁，途經僅有的幾戶民家，剛好是近午時間，居民們幾乎都是沁（類似蒸）了一鍋鮮魚。俐落的將小板凳倒立，整個鍋鼎跨在椅腳上，不必裝盤，就直接從鍋裡夾魚配飯。離島窄窄淺淺的平房構造，一個門檻前是一家餐飯的尋常郎景。學生好奇的觀察著，覺得這樣洗碗很省事，若將碗筷放冰箱，下一餐再用，這樣每天都可省下非常「可觀」的時間用來背生字，背課文。

幾個人推擠笑鬧，並轉頭看著押在隊伍最後方的我。女生們告狀的說：老師他們在學你啦。

我：說可觀的那位，立定站好。其他人，繼續走。

同學拍拍他的肩膀，一副芳姐找你，兄弟保重。只見他嘻皮笑臉，似乎是有「背」而來。

我走近他身邊，朗朗書音，已自顧自的背了起來。我們一起走向港口。幾個男生大聲唱歌，搖擺起舞，我本想阻止，怕其他班級覺得我們班太放肆。但，是不該辜負的秋光。是不能不美的青春。他們力行認眞玩，認眞讀書，凡事盡力的班級生活公約。

等待學校聘雇的專船到來時，一個年約四十歲的男子，或許更年輕，因爲他留著鬍子，黎黑面容，我不太分辨得出。他坐在岸邊一張場陷的沙發，看著我們，自言自語，說起了他的這輩子——

這一生，攏總加著，不曾見過這麼多人。

島上的女人都走了。去工作。去嫁人了。……上星期最後一個女人也走了。

我們全班沉默地聽著，感受他語調中的悲傷。

船來了，學生排隊走下階梯，踩上連結船緣的木棧板。男子起身，像是島主般的叮嚀大家踩穩腳步，微笑的說：島上不好玩。同學，不過歡迎你們再來。

我們五艘大小不一的交通船，浩浩蕩蕩依序離港，待我們班的那艘船離岸時，男子舉手揮舞一下，低了頭，手依然輕搖著。好像這樣較不費力。我注目他，心想，那離開的人，是都容易些。

學生在風浪與引擎轟隆中，沒說再見的只是揮著手。因爲我們都知道，不會再見了。幾年內，不會想再到大倉島來了。那隨手舞動的氣流，也就是一點驚擾了。

船，漸行更遠後，幾個孩子轉向我。我一點笑容，故作詭奇的拿出夾鏈袋內預先切洗好，可抗暈船的生薑片分予他們。轉移他們的心情。大家一齊發出唉聲嘆息，猶豫了一下，將薑片含入舌下，在生嗆與反胃間再次做出配合。甲板上，柴油氣味仍是讓人難受，但比起船艙，空氣流通多了。我們都坐在風中。我要他們將頭低垂，並拿出背包內的塑膠袋預備。雖然已事先設想，讓他們回校再統一用午餐，維持挨餓空腹的狀態，但這麼多孩子，一定還是會有人耐不住。

遮蔽的天空，季風似乎想讓我們見識一下，她來自海上的跋扈與利索。我們乖乖地靠坐在邊邊角角，任憑長浪，大浪，餘波皆盪漾的放浪前來。開始很不舒服了……，我吞著口水，努力關照他們的動靜，望著成排的便服帽T，一點磨折的青春疲態。放眼四面八方，無一島嶼岩石錯落，沒有海鳥翱翔。航向白沙嶼的回程，船靠城前村，還要再三十分鐘的車程才能回馬公，我默默感謝上蒼：這大陣仗的平安歸來。以及，我沒生長在小島。

生長在小島的人，可有人教他們：改變，需要一股作氣。出走，需要義無反顧。

島嶼的女人似乎有著相較於男人更傳統的性別刻板意識：想著一個依靠，想在青春正盛時，找到自己求學就業情感的機會。

所以輕輕的，就離島了。

去看另一片更遠的海？走向另一個更大的島？

追尋定義一個不曾想過的自己？

當你想給自己更多的選擇與機會。離開或留下，都已是一個清晰的答案。傾聽你的大腦，跟隨你內心的聲音。但，更先決的條件是，累積智慧與學養，你的直覺才能剔透，才能抗衡思考著改變時的不確定感與恐懼。

無人島之夜

爸爸的工作是三班制的，其中有一班是，前一天晚上六點到隔天中午十二點，這是我不喜愛的班。因爲每三天，爸爸就有一晚不在家。我們家沒有鄰居，是一間孤孤單單的三合院。旁邊都是野地蘆葦芒草。冬天晚上我不敢走出大門。

爸爸會在中午值完班後，到市場去買幾樣當令的蔬菜水果。印象最深刻的就是夏末時，市場有賣著很大顆的土梨，褐色粗皮上有些圓點花豹紋。晚上，我們將梨子削好，整盤拿上屋頂磚坪。大人坐花磚矮牆上，小孩直接坐地靠牆。很舒服的全家一起看星星。爸爸會說他上班的事。他學同事的國語腔調，其實不管他說什麼，學了誰，都很好笑，都幽默著。

吃完水果後，媽媽會簡單的辨認幾個季節性星座。那時的星星沒有仲夏時來得亮，但北斗七星還是見得到，我們躺藺蓆上，對著夜空指指點點。

通常就是拿著太空被（當時的一種人造纖維薄薄車棉裡的尼龍面被，色澤都鮮豔），蓋在身上。再將一直放在屋頂上，曝曬日月，滿是粟殼內裝，沙沙作響，充滿陽光香味的枕頭拿來枕著，一副就要在屋頂睡一夜的陣仗。爸媽不阻止，但會叮嚀著若更深露重，要回房。

我們爲了能占有一蓆之地，全都擠在一起。有時位置不夠，還把太空被鋪地上，才不會在粗糙的水泥地上睡著轉身時，擦傷了手肘或腳踝。就這樣沒蓋被子的睡著了。

那時的天，星夜寂靜，只要你對著天空，看得夠久就會見到流星。但總沒來得及完整的說成一個願望，不過，沒關係，能和哥姊們說著話就很有趣了，我記得說的都是學校的同學老師，村裡的人。

大學畢業，初至七美教書，學校自強活動，家長會長慷慨出動他的觀光船，並充當駕駛。我們全校老師校長行政同事，再加上預先由本島來的家眷近三十人，露宿南海鐵砧嶼。船駛近岩石旁，我們驚險地跳上岸後，校長號令大家各自己尋覓一石爲床，再來集合準備晚餐。校長幽默認眞的說：男女有別，請未婚同仁聊天結束後，記得滾回自己的石頭。會長笑著，我們快

樂的不得了。

不想離別人太近，也不敢搞孤僻遠離大家。每個人都選距離海岸邊兩三塊石頭遠的地方，深怕一兩個翻身，掉到海裡去。選完後，我沿途跳跨著小岩石，來到有兩個瓦斯小爐的烹飪石區。主任與太太都是七美當地人，他們戴蛙鏡潛水撿拾海膽。我第一次戴蛙鏡下水，不會游泳的我，全程都閉氣進出海面的看著海底世界，深藍色彩繽紛的小魚，水草海藻伸出嫩綠，像是拼命往上抽拔著身子示好招手。我不曾如此近身海底，對這樣的海洋生態極度著迷。

生物老師示意我上岸，我浮出水面後，他說自己不曾被這麼多魚圍繞，與魚共舞，穿梭在海流中的感覺，好快樂。那是我第一次聽到他一口氣說這麼多話，原來海洋能召喚出許多潛藏在內心深處的初衷與熱愛。

上岸換衣服，我先套上連身運動衫，再將手鑽入，脫掉濕了的衣服，但無法再穿起內衣，只能套上厚外套。整個過程，我觀望四周，見群群鷗鳥低低盤桓，我順勢往左方看去，竟是一整片，千隻，萬隻的海鳥密麻如林，隻隻挺立，延伸至嶙峋斷崖削落處，冷面決絕的石壁如希區考克災難電影《鳥the birds》那道奮力才能闔上的門。一種數大的畏懼，在我內心冉冉升起。

眼前的亂岩，密覆著燕鷗排遺，雪白了整座玄武黑山。頭巾嶼素樸之名，彷彿是一種老練，不著痕跡的城府，落實了信任，讓輕率的人在乍見大自然的天眞至性中，悄悄卸除心防。但，一旦逾越雷池，陷落天險，就是插翅難飛的絕境。

一整晚，我都覺得臉頰頭髮濕濕的，不知是海鳥湧出的生息，還是碎沫浪花的春潮絮語。野性的天地荒原，浮誇的海平面，闇黑是島嶼昭然的獨白，默契著一場赤道無風帶的夜襲展開突擊。有限的飲用水，讓每個人一身鹽漬結晶，黏膩滯留在氤氳中，所有的靈動與生命，脫了水的蒸發無形，乾涸臨渴。寂靜入夜一種幽微的迷濛，由岩縫漫漶滲出。

夜未深，我急急走向應許的那塊崎嶇石岩，我想著家長會長沒提點島嶼漲落潮差，這三十人中，沒有人眞正在無人島露宿過。我將隨身行李遷移至更內陸的石塊，並要同事們也向嶼心趨近內靠。

今夜，有親海的喜悅。想著，若能時常完整如這一方水嶼，遺世獨立於一隅。
不管船索攀附稜石是否牢靠？
不去想那諱莫如深的浪，由遙遠的，深深的南方，默默放懷前來。
但，爲何我糾結綢繆，惴惴不安的都是萬一……。讓當下的自己，這樣難以餘裕，如此無能盡歡。幸好，沒說予人懂。這份不悅納的自我。

七美人總豪情無所畏懼。
台灣本島來的同事一直雀躍，傻膽中。
我，這大嶼來的，折衷了，卻彆扭了。

滿天紛亂的流星雨，八方飛奔如箭，蒼穹是張滿了的弓，我竟沒有許願了。島嶼上，我們如復活節島的艾摩神像，一致面海的守護。每個人如鐘面上的刻度，沒有說長道短的指針，不必定義順時逆向，每個人就是一道實線，一個眞正躺不平的自己。但，萬般星光，輝耀閃亮如鴻蒙奧祕天啟，渺渺天地一沙鷗，滄海一粟的我，何德何能！

夜，一襲薄紗，一次次周旋，攏袖魅惑，元氣淋漓，妖嬈魔幻。我下意識的坐起身，眞實具體的守夜，爲這不眠的海潮，爲萬千燕鷗留鳥的按捺。

青春作伴

夏日傍晚，漫步碼頭岸邊，偶爾南風潮汛，船隻在海上搖晃。或許是季節，秋水長天，總是美。鷗鳥此起彼落的追逐著遊魚，興味盎然的戲弄，挑釁那沉不住氣總是蹦出水面的烏魚，全速俯衝，掐入水裡，秒殺叼呑，完結了那魚的一生。再飛出水面，引頸向上，優雅自若，彷佛一切都不曾發生過。這樣的場景，夕陽依舊紅暈，日落仍是靜悄。甚至我都不知自己有無期待著這偶遇的弱肉強食，分鏡停格，純熟出演。

習慣晃悠漁港碼頭，有機會見到外籍漁工們坐在甲板尾梢，海流飄搖，船，各自律動。他們像曬衣繩索上，那幾件褪了鮮豔色彩的衣衫，輕飄飄的穿夾著，吸滿生鹹海潮，彷彿以加倍濃縮的青春，對抗強力的海洗風蝕，努力讓熱帶嶼人的朗朗情調依然鏗鏘爽亮。

白日漁船作業後，他們期待終於能有個人空間。暫時離開船艙內。星月高掛，船身有著搖籃般的節奏，一時半刻的閉目養神，或許有忽遠又近的朦朧，一片雨林，一間高腳屋，也剛好有著魚香的故鄉。

早期大陸東南閩浙沿海的蜑民，以船爲家。我在以吳哥窟爲主的高棉旅遊中，見到亞洲第二大內陸湖——洞裡薩湖。湖畔住著幾百戶沒有戶籍登記的居民，大人小孩以販賣當地特產給觀光客維生。小孩們各個分別坐在白鐵製的澡盆內，奮力划向遊客，兜售著頭尾都黑了的芭蕉，或是幾罐易開罐的飲料，遊客都給了錢，但芭蕉依然是整齊完整的兩串，飲料也原封未動的如數安放澡盆內，孩童們隨即划向那晾滿自家衫褲爲識別旗幟的家。

日日走在水岸，我想著除了賺取金錢改善家鄉生活，移工們的內心還有著些什麼？老舍的《駱駝祥子》敍述祥子們在北京胡同的拉車兜繞，迫於現實的底層生活悲愁。一個窮極了的外地人，奮力不向命運低頭，屈就的不只是物質的尊嚴，是連那屬於靈魂情愛的，也是將就湊合，只要學著不問自己太多，就是了。

澎湖嚴酷的季候，移工們一餐飯香米甜後，甲板船艙外是不變的停靠。只有在颱風侵襲的夜，危及生命時才能上岸暫棲。

近年，我再度走向黃昏的碼頭。看到他們，用著兩支手機，一支放膝上播放影片，另一支開擴音的談心說笑。越洋離家，積攢一筆錢買地蓋屋，大家有著一樣的夢。但，眼前是夕陽無限好的璀璨，騎著改裝的雷鬼酷炫電動機車，迎向美麗的海岸線。青春作伴是雙載笑鬧的樂趣。獨行馳騁是流風快意的瀟灑。第一漁港第二漁港第三漁港車遊島嶼邊界，言語聲線高昂，柔波港邊滿是異國風情。

未來，其實太遙遠。青春，真切又熱血。眼前的日子一點都不容易，而物質的快樂是最直接的報償。當初在家鄉說好的契約，沒想細問是怎樣的漂泊，也未料是如此真切的浪盪。一趟又一趟的飛機後，澎湖到了，後悔已……太遲。那山裡來的孩子，睡在大海上；那靠了岸的，卻搆不到地。甲板船艙，上上下下，么喝指使。出海，入港，捕魚，補網。

觀察欣賞著他們愛美，捨得消費的價值觀。當uber也送餐到港邊船緣時，我意識到未受儒家思想洗禮的他們，一份對自己應得的好，來得如此同步，自然，自在，自性人性。不必延宕滿足，我向他們學習著。

原來我的恨長這樣

《舞伎家的料理人》這齣劇，讓我想起了我曾在京都拍過一系列的舞伎體驗照片。當時覺得拍的過程有些辛苦，所以拍完後就收藏著。一個更真實的原因是照片的珍貴，那年的我還無法體會，覺得是顯老了。還原那天的心情，也有些複雜與意料之外。

二月，下雪的京都，我十一點到，兩小時的妝髮，再穿上七層的衣服，身上綑綁許多條固定領口，腰部，各式各樣的布帶子。終於能穿上簇新的曳地長禮服，我期待這份貴重。也驚喜著這樣小的店，能有七八套如此乾淨精細的華服可供挑選。

稍早，我同意預約的攝影師也來了。本想請女兒用相機拍就好，但女兒說應該交給專業，既是體驗，那就全面些。

我碎步的上到三樓一間和室，移動的時候，感覺自己像個大笨鐘，塞滿整座窄仄的樓梯。女兒幫我拉著裙襬，髮妝師在前方拉著我的手引路。攝影師是位三十幾歲的年輕男士，他看出我是外國人，在問候過後，就用英文說著 Any expressions but smile.。意思是我可以有任何表情，就是不能微笑。我有些慌張，但細想，我應該沒誤解。幾次街上問路，感覺京都人英文都有一定的水準，何況他是攝影師。

三坪的空間，冬雪紛飛靜落。我透過充滿禪意的竹簾子，看著百年的古窗櫺。

開拍了，攝影師曲著膝，大多時候是半趴的低低取鏡。我高跪坐姿，還是覺得自己好高。他要我開始做表情。我對著陌生的他，尷尬的苦惱著。他希望我——瞪他。直視他。幾個鏡頭後，他要我凝望，再悲傷的慢慢轉向他。

我一邊思考著如何不皺眉的表現出傷懷，又盡力想些心灰意冷的往事……。幾個鏡頭後，他好像還算滿意，不經意地露出一點點笑容。

接著又說 Angry... perhaps，hate。我想應是喜怒哀樂中的怒，霎時腦海搜尋著極少的幾個曾經看過的日本扇子上的臉孔，還有能劇中那令人害怕的誇張表情面具。

我的策略是，先挑釁的看著他，再狠狠的定住表情。希望他會怕。相機喀擦喀擦的連拍著，一種畫開寂靜的清脆，空氣中有了沉穩的平衡，我較不那麼緊張了。女兒在一旁握著相機，感覺她很想記錄正在發生的這個場景，但，她細膩的盡量不影響攝影師的情緒，也考慮到沒有徵詢，是不合乎禮節的。

我目光與她瞬間交會時，可能是欣慰著她的陪伴與懂事，我，不小心的微笑了。

No teeth (tease). Either. 攝影師提醒的說。

我不知他意指的是牙齒或是我逗弄的表情，但，我立刻收起笑意。

我一直跪坐在榻榻米，兩手交叉放膝上，努力讓他要的恨意定格。終於，我獲准起身移動，他和女兒體貼的一人拉我一把，因爲我跪麻了雙腿。

起身後，他幫我把裙襬細褶揀妥整齊再延伸拉長，我開始側身站立擺出他要的姿態，有了之前的相處，遇言語轉換太慢時，他舉個手說稍待，就直接過來幫我喬好。

我們的「對峙」終於在他拿出一旁櫃內的道具，油紙傘，小粧匳後，有了一些不必再做足表情的放鬆與緩衝。他亦神色輕鬆，感覺是有拍出他要的重點文化元素了。攝影師拍完離開後，我與女兒在和室邊賞景邊自拍。店家拿來他為我挑選的一組照片，以及一張光碟。我慶幸，終能挑到四張。女兒說很有意境……有月曆畫報感。我看了一眼，速速闔上，收進包包。心想，原來，我的「恨」長這樣。

順利下樓後，我平靜的觀察師傅幫我更衣卸妝的過程，終於可以和師傅說話了。剛才上妝時，她描繪著，我好奇但不敢亂動。現在她告訴我，當了十年學徒，才習得這一整套著衣與妝髮。一人開店，我的預約信都是她與我回覆的，她說一天只能做兩位客人，來體驗的大多是日本年輕女孩，極少數外國人中，大約是台灣，香港來的。

到店內之前，我沒有預付任何的訂金，在這個國家，口頭契約與書信承諾的正式與嚴謹，可能遠比我的想像更貫徹更堅定。願意相信人性美好的真誠，讓我心生敬意。疫情前的日本體驗，我一直沒有與這幾張照片相宜的知識背景與心緒，直到最近的電影，再看到《赤膧鈴之助》的舞台劇幕後採訪。我憶起自己等待一碗水粉調勻後，如絲綢的漿白刷抹著臉與頸脖，不繃不緊的清爽冰涼，描紅的眼角，極致點綴的唇，黛眉如弦月，原來，深白色可以是神祕掩蓋所有情感慾望的隆重色調。

想著那身著黑色西裝外套白襯衫的攝影師，看著我對舞伎文化的一知半解，或誤解，竭盡心力的捕捉著我的步態，神韻。

半小時的分分秒秒，對他可能有內心的自我答問與現實委屈，這樣職人的半小時，可能是他每日工作的全部，而前來體驗的顧客，礙於文化語言，也難當下的回饋領略變身成舞伎，那份超越美麗的深刻與精髓。他熱血奔騰的，關於攝影工作所追尋的魂與想望，可能也不在這個房間內。

斷捨離　亂

近日手機頻頻跳出2016訪京都大坂的照片。我在大坂梅田買剪刀，富涵武士刀意象，紅色蝴蝶結像是和服綁腰的縮形。刀身流線精巧，刀鞘弧度密合。極致表現出曲線帶給人類視覺的美感與讚嘆。

觸摸器物感受日本工藝的出神入化，匠人魂的一身懸命。更重要的是合乎滿足器物的第一守則——輕手好用。我拿來剪國語日報給學生看，有時也用來剪著自己的瀏海，橫豎的刀法，都是角度與自在。

一份對物的憑藉，可賦予生活細膩緩慢的步調與情感。我在瑞士買生鐵牛鈴，掛在家門上，便於我分辨是鄰居還是自家的開門聲。

到捷克市場，少見的巫婆玩具布偶，詭奇又童趣，我買回來送給綽號巫師的好友。

法國亞維農山城的薰衣草香包，放衣櫃內，至今近聞著，依然飄著舒緩的氣息。

紐西蘭農莊觀賞全國綿羊快剪手冠軍表演與美麗諾綿羊秀後，買了羊毛帽。擋我每日清晨上班的寒風。學生遠遠見著，都說小紅帽來了，逗得我說，我是大野狼，快開門。

近幾年常聽達人們介紹如何整理居家，清理掉身邊長物，徹底的斷，捨，離。我不只老大不願意，還覺得這些小物，對我個人情深義重，我始終無法放手。就如年度金句所言：陪伴，是最長情的告白。

我是在小物身上，找到寵愛，依偎，與提點自己許多曾經的軌跡。

我收著一條黑水晶項鍊三十幾年了，那是我第一次到墾丁玩時，在風景區一位阿婆賣給我們的。男友幫我戴上後，我們繼續遊走著。他說不該在這兒買飾品，好像是假的，只賣五百元。我說我很喜歡。就在沿途中，一大群年紀略小我們的學生，出其不意的齊聲對我們大喊：好幸福喲，我也要。我與男友一時驚訝，靦腆的相視而笑，當下我們沒說話，但原本拉著的手，卻是緊緊相扣。幾步後，男友回過神的轉身喊，謝謝你們喲。

學生們一陣笑聲話語迴盪林間。

雖然教書的日子，我極少戴那條鍊子，覺得黑色似太隆重的不搭於日常穿著。但每當我打開飾品櫃，總不自覺的看一下，偶爾我戴戴，再細細地用鏡布擦拭一下，再放好，怕它沾了脖子上的化妝品。像是這樣的許多的物件，牽動歲時日月，伴我一路風景的好與老。

生活是如此負累；艱辛不必言說，因爲人生皆然。保存一份熟悉，像是時光悄然留下的跫音，給已然理解的自己，或那依然無力言詮的退場，一份闊綽與刻意的鋪張。

我，始終留著屬於生命中每一時期，每一個部分的我。不斷、不捨，不離。我才得以，不亂，不悔。

俠義江湖

李安先生2000年拍成的《臥虎藏龍》，當時未及看，近日Netflix初看，內心所想的是，竹林輕功該是很多西方人對武俠，功夫的一分初識與乍見。李安先生想把心中蘊涵他，滋養他的中華文化引介給西方人。所以以一種幽微神祕的探索距離，讓西方世界可一窺那可以意會，形而上的俠義心性——江湖。

在英國國家廣播公司BBC電視節目中，看到西方人對櫻花盛景一日繁華又飄零的文字旁白。介紹著日本國學大家本居宣長，在江戶時期提出的〔物之哀〕想法，到平安時期又已成爲一種世事本如此，時時都該恭敬如初的胸懷。讓西方人了解物之哀涵蘊於賞櫻的精神境界。提醒著日本文化的有別於西方世界的生命觀，價值觀。細膩深刻，而非表淺的介紹櫻花的美麗花事。這樣的眼光，我覺得是一種更平和直達的感性與尊重。

相對的，日本NHK電視台這些年也將日本山川之美，生命哲學，生活態度與信念，節慶神

話寓義，以英文配音，完整有序，一系列的介紹推廣給全世界。

在2021的東京奧運轉播中，我見識了籌備四年的各項日本獨特文化。有花藝，動畫影片、忍者、能劇等……。更有致敬311福島核災後土地的改變與居民對於失去的情感修護，顯現出一個社會的堅毅與齊心協力。

東京奧運印象最深刻的是馬術比賽場地的每一個障礙關卡，都充滿日本文化意象。顯示出主辦國家對自身的獨特醇厚，充滿自信。熱中看奧運轉播的我，不曾有過更深刻的感動了。那也是唯一一屆沒有現場觀衆的奧運比賽。但，在空蕩盛大的紫色綠色錯落座椅中，一種和諧認眞的美，發自內心的全面征服了全球的觀衆。

台灣是中華文化保存最美好全面的地方，若想讓我們的思想文化，也能像西方的電影書籍那般，引入我們的教育思考中，帶來衝撞、揉合；厚植我們一整代人的底蘊，並擴展我們看待世界的廣角。那麼，李安先生所刻意拍攝的電影，想傳達的也就正如日本國家電視台想要達成的目的。白先勇先生說：「文化是歷史最深的餘燼，這餘燼是溫度是暖度。」

我想，江湖就是一種屬於我們特有的情懷，是一種鏗鏘的質地。李安先生拍臥虎藏龍時在西域出外景，摔斷了腿，至今走路仍稍顯一腳的拖緩著。雖他未在此片拿下最佳導演，但令人矚目的是，《臥虎藏龍》獲得了最佳外語片，也得到最佳電影配樂等大獎。在這樣的榮耀與吸引力之下，他一點一滴的打開了西方人願意接觸中華武俠文化的心，以較娛樂輕鬆的方式，淺淺淡淡地揭示自己。武術開啟了東西方地理與心理距離，武俠江湖是另一個我們期盼除了李小龍之外的中華情懷。

2020年看英國拍了二戰時期的歷史鉅片《敦克爾克》。完全不再是我求學時，歷始課本描述的敦克爾克大撤退。又看了紀念一戰結束一百週年拍的奧斯卡得獎大片《1917》。這些都以不同角度或是更人性，更關懷於個人情感的著力出發，而非單純的以大環境，歷史功過成敗來聚焦。讓距離歷史事件有些遙遠的我們，或是他日想理解歷史的人，有一個公平探索求真的機會。

地理經緯將我們分爲東西方、南北半球。藉由書籍，電影或各類藝術，我們得以略窺不同的生命文化與價值信仰，讓自己更具覺察，判斷的能力。對於藝術的感受，比文化更重要，因

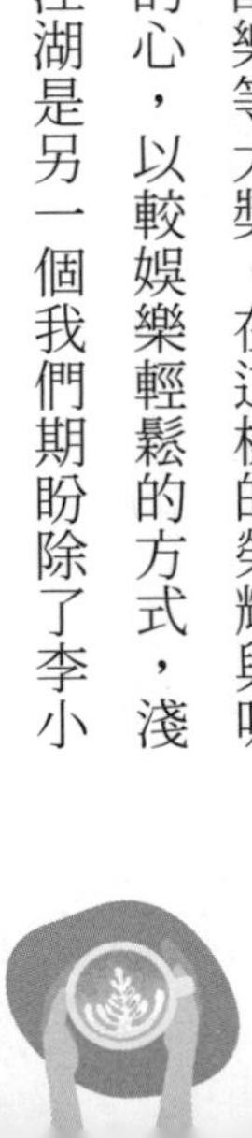

爲這較不說教，較貼近人的本性。一個俠義柔情的江湖是不斷更新，改變識見，像是一種武功內力的修煉提昇，一種底蘊的奠定積累。我想說的江湖，其實就是一個人，在許多生命重要時刻的質地。一個無論是隱世的看待自己或是與他人相處，都能是無傷的自在於己，又能寧靜於天地之間。

一席赭紅

2019年五月，我得知白先勇老師率隊要在高雄社教館演出湯顯祖的《牡丹亭》。索票單位是趨勢基金會與高雄社教館，我立即要到了兩個位子，六月二日上午搭機到高雄，下午二點三十分開演，我十二點就排隊了。入場時驚見驗過票後，大家都用衝的，這些許多都是年過半百的粉絲。我和好友也跟著跑起來，跑進了館內座席，才知是沒按座號，先搶先得。我們坐在正對舞台右方偏後，但我占到了走道旁位子。這等青春氣力，是長年帶班向學生學的。坐定後，我就想好等下五點結束時，要如何半蹲挪移到正前第一排，白老師該是坐這兒。

終於開場了，白老師一襲赭紅緞面唐衫，黑色西裝褲。手拿一張紙，上台率眞直接的請大家先聽戲看戲。

杜麗娘與柳夢梅各由海峽兩岸三地（大陸台灣香港）選出的八位大學生擔綱。舞臺兩旁各有大型字幕，我先看中文唱詞，再對照英文翻譯。再細細聽著崑曲的唱腔。事前我有預讀了

牡丹亭故事主要的幾個段子，最有名的當屬《遊園驚夢》。親臨聆賞，英文字幕翻譯，華麗優美。崑曲屬吳越地方戲曲，發音拗口，曲聲高亢，處處捲舌又嗲嗔，眞是吳儂軟語，處處春情漫漾，惆悵無邊，想訴憑誰。

中場休息十五分鐘，我拿著白老師八十大壽出的新書《細說紅樓夢》，帶著心愛的筆，排在長長的人龍中，因爲剛開始沒人打擾白老師，我就乖乖的先去上了洗手間。回來時竟成了蜿蜒數尺的簽名潮。廣播傳來下半場卽將開始，燈光閃示，排隊人潮散去。我走近白老師，他該是瞥見我拿著厚重的紅樓夢一臉的失落。忽然耳際傳來他的聲音：妳先回座聽戲，我一定幫你簽。

是的，他是在對我說。我心跳得好急，一路強作鎭靜的走回座位。坐定時，無法置信，老師如此親切，細膩敏銳的關照到每個粉絲。

我在歡愉高昂的情緒中，迎接下半場。無法言說的欣喜滿懷。我這大半生，不曾追星。白老師是唯一，在我年過半百時，如夢一場的完美了所有的所有。

全劇演完演員謝幕後，白老師上臺感謝這群年輕才華洋溢，用生命熱愛崑曲的大學生。還有現場演奏的絲竹樂團隊樂師，語氣中是飽滿的柔情與溫潤。對於崑曲，對於台灣，對於中國祖先留下的美好傳統，聲聲讚美，引以爲傲爲使命。至今海內外歐美南非已演出數百場，國粹發揚也光大了。那是聽了就懂，來了就感動的台上台下，幕前幕後，專注與榮光。

我一整天情緒都亢奮激動。白老師謝幕完後，趨勢基金會的人立刻要帶走他，因場外所有媒體都排好陣仗的在等待他。我靜立舞台正下方，注目著他，希望他沒忘記。內心有一個聲音也提醒我，不宜再趨前擾嚷了，晚上七點的飛機，該走了吧。可以了。就在此刻，台上的白老師對執行長說：讓他們等，我先簽名。

他逕自要走下舞台，我靠緊階梯，伸出手高舉著迎向他——他把手給了我。那是寫下千言萬愛，「在最深的夜，在最孤獨的時刻，寫著最眞實的自己。」溫暖厚實、綿綿密密。老師拿著我的筆，細細的寫下——白先勇。抬頭問我，要拍照嗎？立卽起了身，我輕輕依偎著他的右臂，靠近的此刻：我似水柔情，我們，花影玉人。痴心妄念了所有，一往而深。好友正巧換新手機，她始終不確定有無按鍵完拍。我愧疚的著急著，一旁的粉絲更急躁，只見白老師靜靜維持著笑容，大家深深爲他的風範著迷不已，紛紛拿起手機，只好連我也一起拍進，一陣又一陣的喀嚓聲，我怕犯衆怒，速速與老師道別後，趕赴機場。

好友揶揄說：怎樣，今天是玉卿嫂，尹雪艷，還是朱青，我盈盈的笑說：恐怕都是。上機後好友傳來照片數張，都如「一幅幻影」的像是前世今生，像是數個角色的重疊迷離。雖不算清晰，我仍興沖沖的將照片洗出兩張，挑選了兩個一模一樣，鑲了珍珠邊的橢圓相框，一珍藏爲傳家寶，另一楨寫上卡片，託寄趨勢基金會，代轉給白老師。

2020疫情開始後，我想我們的相會，或許是白老師公開出席的難得身影了。由報章得知白老師住在台北，我也放心不少。網路媒體戲稱我們這群人爲「白粉」。是這難以戒斷，無法不愛的鍾情，提醒著我，人的一生如戲、如寄，莫忘精采，時時深刻。

旗袍

年輕時的婚宴上，我一直想穿旗袍敬酒，但澎湖初初起步的婚紗業，只有婆媽穿的改良式旗袍，新娘子都是穿紗質蓬鬆晚禮服，而且還不是全新的。樣式與時尚皆無法與台灣本島相比，感覺是太有歷史感了。對於新娘穿舊禮服這事，我一直耿耿於懷。西洋婚禮的新娘白紗禮服若不是家傳，就是購買，於我們傳統儉省務實想法很不一樣。

這念想在女兒計劃結婚時，再度興趣昂揚的灼熱醞釀著。我拿出了之前收藏的公視名劇《一把青》劇本專輯，細細的看了又看，每件旗袍剪裁都細緻，滾邊配色無一不美。那就找這家吧。

我先去電與老闆約，電話傳來的是濃濃的外省腔調，我說明想訂製旗袍，老闆問我何時要？什麼身分穿？

我與女兒，興沖沖的買好機票飛往台北，下機直奔圓山。老闆知道我遠從澎湖來，特別配合我提早開店。古老的中山北路上，一樓是窄窄的展式櫥窗，很像各式年代的經典劇服。我們沿著木梯走入地下室，那是這一生我見過最多旗袍的時刻。有租有賣，有新有舊，有長有短，滾花鑲邊，珠繡披肩，琳琅繽紛，整齊吊掛。我看得目眩神迷。

感受到老闆對這些旗袍棉襖，長袍馬掛的愛護與珍惜。他先拿了幾個樣式的長旗袍讓我試穿，並要求我每一件都要讓他看過，不可自作主張在更衣室內自己否決。老人家這樣的語氣，讓我更恭敬戒慎。待我試穿完畢與他討論後，他從一長桿的最後方，拿出了一捆卷軸，攤在畫版子的長檯上。他說那布料是俄羅斯進口的鎮店之寶。接著拉出那黑絲絨鑲滿金色花朵亮片的布面，往我身上左右斜肩比畫披裹著。我覺得好像太成熟了，有些顯老。老闆看出我的疑慮，要我相信他六十多年做旗袍的眼光。這句話作用太大了，我一向相信專業，尊敬資深職人。就請老闆娘細細的量了肩寬、脖圍、脖長、上臂圍、三圍，大腿至腳踝長。

依約兩個月後，我再赴店試穿修改。再現金完付剩下的一半餘額。出店門後沿路閑散。心中一點後悔著，心想要穿紅色的才對，但沒把握不會像港式飲茶領檯。又那湖綠色小碎花，一直是我愛的，就怕太小家碧玉了，今天可是丈母娘耶。粉色系珠光的也不成，他們說顯胖，又怕與我年紀不相襯的夢幻。此時此刻的混亂，讓我覺得自己眞是個不值得同情的人，特愛找麻煩。

四月春日，中山北路到了，進了店，老闆笑容可掬，可能是疫情下我們又再度相逢，他親手捧著旗袍要我快試試。同行的女婿也挑了一件浮著青花瓷緞面繡花，滾著鈷藍鑲邊，斜襟青色盤釦的及膝旗袍，要讓女兒試試。他倆覺得穿著旗袍在古厝拍婚紗，那紅瓦白牆，飛簷馬背，雙喜花窗，定能襯出澎湖的原鄉古意。

當我走出更衣間，立於老闆前方時，老闆看著我，退了幾步更遠的又看著。我的心裡特別緊張，因爲不確定自己的樣子能駕馭旗袍。他沒多餘的客套讚美，一心只斟酌著要立刻再爲我修改胸線，再把鏤花抓得更對稱，不顯接縫的更盛放圓滿。又問我小蓋袖綁不綁肩，我說很自在。他告訴我衣身兩側留了餘布各兩公分，他日在澎湖，若我八十歲時還想穿著它，任何裁縫師都會修改。我當下眼睛熱熱的，點著頭說：嗯，好。謝謝您。

我告訴他，這旗袍我想當傳家寶，老後，女兒可改來穿，或掛在衣櫥給孫女看，那我們家可是也有好東西的。

回到澎湖後，距離婚禮還有近半年。常在盛夏時節，我將房內冷氣調低，從裙擺由下往上拉起，再拉上背部隱藏式拉鏈。剪開老闆預留的兩段式高開叉，想起他體貼中肯的說，你年紀大些時若穿著叉太高的旗袍，是不符高雅莊重，屆時你再將它縫上。舒適綢緞的金色裡襯，我挺身立於鏡前，進進退退，側身左右顧盼。拍拍小腹看有沒有凸出。又想那天該梳怎樣的頭來搭？別梳包頭，也不能是水波頭，那整髮放開側邊夾朵花呢？怕是冶豔過了頭，也不成。

女兒婚禮當天請來專業髮妝師，韓系金粉妝容，膚質亮閃，搭配柔波捲髮飄逸，高跟細鞋，讓我不自覺放慢步伐。全程放心妥貼，一樁想望，美麗成眞。婚禮後，我將旗袍送洗衣店乾洗，拿回後，去掉塑膠封套。旗袍靜靜站立在衣櫥中呼吸著，閃閃晶亮，我日日相望，提點自己此生該如一的執著生命中的想望，無畏歲月與老邁。

布衣之美

日本生活設計大師皆川明先生作品，於高美館展出。我不曾看過時裝展，但一直喜愛老派日本人穿著樣貌的溫婉謹慎。

母親十五歲時曾到港都（澎湖人對高雄舊稱）學裁縫一年多。婆婆也以幫人做衣服爲職業近二十年，她是師傅級，據說全盛時期住家店面有五六個小姐跟著她學洋裁，客廳牆上掛滿裁製完美，等待客人拿取的各式女裝。家裡也成了澎湖地區婆媽聚集論藝學功夫的好去處。裁縫師都善於利用客人剩下的碎布，設想周到的幫客人多作一條窄版的細帶，客人可多樣搭配，權充腰帶，絲巾，布項鍊necklace，甚至連鈕釦也繁複多情的一顆顆用布包製縫成。客人欣喜之餘，會將剩下的布送給裁縫師，她們就暗自打算的爲孩子縫製各式小衣小褲，拚接不同的材質花色，深具美感又繽紛獨特。

我生長的年代，澎湖人喜愛到高雄台南吳響峻布莊買布，台灣本島的親戚也會拿布來當作禮物贈送。傳統訂婚時的六樣大禮，除了貴重金飾外，其中也有一項就是毛料西裝布或夏紗絲綢。

將布料拿到洋裁店，參考店內流行的日本慕古（服裝目錄），再與洋裁師父商量，都能按著布的性質色調，得到懇切的建議。像是曾經流行的百褶裙，魚尾裙，都能襯托出女性的曲線，但若師父認爲你是較扁身的身型，穿來可能會有擴散的視覺效果，就會眞誠的告知。因爲顧客就是她的活動廣告，是流動的一幕幕風景，走在路上看著好看，人人都會停下來借問打聽。

女士們結伴同行買布作裳，往往一消磨就是一個晚上。遇到重大場合，像是相親，結婚，喜宴，過年，保守年代能亮相的時刻，都要費盡心思，提前兩三個月量身訂做才來得及。

我記得媽媽有一次貪便宜，買來一丈多布料，因爲老闆善於推銷，將剩下的布尾也都相送。看著一捆布似地圖捲軸的一板板推攤到盡頭，誠意又率眞的說媽媽眼光眞好，這塊布暢銷到只剩下這些……。凡人難以招架，何況是自己會洋裁善於打算的媽媽。她著迷的又看又摸，彷如那是綾羅綢緞的珍貴。媽媽說這花色可做不同樣式的襯衫，洋裝，四季都可搭著穿。沿路我誇張的幻想著一種富裕與闊綽，高興的不得了。因爲我們很少有新衣服穿，若有，也都是高雄鹽埕親戚們給的舊衣。不過，那些衣服眞的都很漂亮，有一件鏤花蕾絲葡萄紫的洋裝，由媽媽穿到我初初工作時，後來我還將它截一半，作成靠墊的留住她好長一段時間。

流行有其時代經典，獨領風騷最長的就是——白領子。無論冬夏，仕女洋服都會抽套出一個白領子。考究一點的就用進口蕾絲，平實些就用緞面珠光布料，有時也會滾成荷葉邊。又荷葉邊寬細影響著一件衣服的浪漫遐想，但抓褶技巧，就考驗著裁縫師的巧氣與作工。領子做得活跳流暢，要幾十年功力的淋漓盡致。穿上身好看有精神，豎立好口碑，洋裁店更敢投下重資，隔海讓布商專程帶來更昂貴布料，客人的選擇性就相對的更多。

每一個洋裁師傅記事本上都是密密麻麻記載著客人的身量與尺碼，娟秀的字與線條，圖文並茂。是一種美麗的，屬於職人的武功祕笈，獨家的封存典藏。

懂得穿與懂得吃可能都要有一個養成背景，甚至是三代的富裕。一般人都沒能夠。我們幾

乎不曾爲自己：注文一領新裳。隨著年紀，幾件好衣服，好外套，遮蔽貼體著自己，走過人生況味與風景。途經的自己，或許盛放，或許失落。回看時，都眞切，都有興味。更是一種沒有虧待自己的生活之鑰。

國家圖書館出版品預行編目資料

橙酒拿鐵／曾慧芳著. --初版.--臺中市：白象文化事業有限公司，2023.8
面； 公分
ISBN 978-626-364-053-5（平裝）

863.55 112008787

橙酒拿鐵

作　　者　曾慧芳
校　　對　曾慧芳
封面圖片　Midjourney生成，呂國正Frank Lu製作
封面設計　呂庭誼
內頁繪圖　許幼萱
作者照片攝影　王銘聖
發 行 人　張輝潭
出版發行　白象文化事業有限公司
412台中市大里區科技路1號8樓之2（台中軟體園區）
出版專線：（04）2496-5995　傳真：（04）2496-9901
401台中市東區和平街228巷44號（經銷部）
購書專線：（04）2220-8589　傳真：（04）2220-8505
專案主編　林榮威
出版編印　林榮威、陳逸儒、黃麗穎、水邊、陳媁婷、李婕
設計創意　張禮南、何佳諠
經紀企劃　張輝潭、徐錦淳
經銷推廣　李莉吟、莊博亞、劉育姍、林政泓
行銷宣傳　黃姿虹、沈若瑜
營運管理　林金郎、曾千熏
印　　刷　基盛印刷工場
初版一刷　2023年8月
定　　價　350元